AF196240

Elfi Küpper

ZEITREISE

wenn aus Spekulation und Mythos Realität wird

www.tredition.de

© 2017 Elfi Küpper

Verlag: tredition GmbH, Hamburg

ISBN
Paperback: 978-3-7439-1045-4
Hardcover: 978-3-7439-1046-1
e-Book: 978-3-7439-1047-8

Printed in Germany

INHALTSVERZEICHNIS

Kapitel:	Titel:	Seite:

Teil I

Teil II

Kapitel 1 - **Der Mensch**

Dieses Buch kann sehr spannend werden, weil es Hinweise zu dem Wesen Mensch enthält, die nicht jedem bekannt sind.

Wir gehen auf eine Reise, bei der die Möglichkeit besteht, Antworten auf vorhandene Fragen zu erhalten. Fragen, die wir vielleicht noch nie gestellt haben oder die uns noch nie beantwortet wurden.

Alle Menschen haben unterschiedliche Vorstellungen und Gedankengänge. Alleine schon bei unserer Überschrift wird es viele verschiedene, gedankliche Ausgangspunkte geben, was die Persönlichkeit eines jeden Menschen bestätigt. Darum wird auch dieses Buch sicherlich unterschiedliche Reaktionen hervorrufen – das befürworte ich, weil dadurch ein Denkprozess gestartet wird, der für uns alle vorteilhaft sein kann.

Vor einigen Tagen stieß ich im Internet auf folgende Worte:

„Gebet für den Chef:

Lieber Gott ich bitte dich, gib mir Weisheit um meinen Chef zu begreifen, gib mir die Nachsicht ihm zu verzeihen und gib mir die Geduld, ihn zu ertragen. Aber gib mir bitte keine Kraft. Denn wenn du mir Kraft schenkst haue ich ihm eine rein."

Dies spiegelt oftmals unseren Charakter wider, wenn wir an emo tionale Grenzen kommen.

Einige von uns sehen nun nicht Menschen vor sich, die man liebt und mit denen man gerne Zeit verbringt, sondern es sind die Gedanken an diejenigen Menschen, die Schmerz und Traurigkeit in uns auslösen, denn manche unserer Artgenossen können mitunter sehr bösartig und teilweise sogar aggressiv werden – wie verschiedene Tiere auch.

Entgegengesetzt dazu gibt es allerdings auch sehr liebevolle und hilfsbereite Menschen. Manchmal kann es sein, dass selbst der friedliebendste Mensch, wenn er in Not ist und womöglich sogar noch von anderen Menschen bedroht wird, böse reagiert und sich ganz heftig verteidigen will oder sogar muss. Es gibt aber auch Menschen, die sich einfach zurückziehen, um jedem Konflikt aus dem Weg zu gehen. Doch nicht immer gelingt das. Manchmal können so richtig die Fetzen fliegen. Gut ist es in solchen Fällen, wenn unbeteiligte, neutrale Personen die Fakten ganz unparteiisch betrachten. Doch das ist selten der Fall. Diese Außenstehenden bewerten dann oft das Verhalten der beiden betroffenen Parteien. Selten werden beide Parteien gleichberechtigt beurteilt. Die Außenstehenden können es positiv oder aber auch negativ finden.

Ist eine negative Reaktion zu hören, dann fühlt sich der Betroffene meist ausgegrenzt und zurückgewiesen. Doch das tut weh. Wenn Menschen besonders böse sind, kann es leider auch pas-

sieren, dass sie sogar handgreiflich werden und Schläge verteilen. Das erhöht die Not des Abgelehnten noch mehr.

Mensch zu sein ist im Grunde ganz schön kompliziert und anstrengend.

Aber wo kommt der Mensch eigentlich her und wie ist er entstanden?

Einige von uns sehen sofort den menschlichen Körper vor sich.
Sie denken an schönes Aussehen, an Wünsche und Sehnsüch-
te, die sie selbst haben. Andere denken an die Gesundheit des
Körpers und dessen Beschaffenheit - wie der Körper aufgebaut
und zusammengesetzt ist.

Zieht man die Anatomie hinzu, dann muss festgestellt werden,

dass das Gesamtbild des Menschen ein einzigartiges Meisterwerk ist. Diese Feststellung erinnert mich an die Evolution.

Viele Menschen sehen bei diesem Stichpunkt vordergründig den
evolutionären Prozess des Affen in ihren Gedanken. Das ist darum so, weil dieses Bild meist zur Vorstellung der Evolutionsthe-
orie gebraucht wurde.

Ich stelle mir dabei jedoch die Frage, was solch einen anhalten-
den, immer höher steigenden Prozess in der Entwicklung des
Menschen gestoppt hat? Denn von einer Weiterentwicklung, zu
was auch immer, kann ja in unserer Zeit schon lange keine Rede
mehr sein. Im Gegenteil, die charakterliche Entwicklung, die zur-

zeit in unserer Gesellschaft abläuft, ist eher rückläufig. Außerdem ist es der Evolution niemals möglich, das präzise, einzigartige Meisterwerk, das mir die Anatomie zeigt, erklären zu können. Dieses vollkommene Zusammenspiel der einzelnen Funktionen im Körper kann kein Zufall sein. Dahinter steckt System – es muss eine andere Begründung für die Entstehung dieses Meisterwerkes geben.

Sicherlich habt ihr euch diese Frage, woher der Mensch nun wirklich kommt, auch schon so manches Mal gestellt. Doch nicht immer findet man eine befriedigende Erklärung dazu und nicht alle Erklärungen, die man findet, sind logisch nachvollziehbar.

Genau aus dieser Logik heraus möchte ich die oben bereits angesprochene Evolution von nachfolgender Betrachtung ausschließen.

Erwähnen möchte ich allerdings Parallelen zwischen dem Erdreich und dem menschlichen Körper. Das Element des Wassers (der Körper des Menschen besteht zu etwa $2/3$ aus Wasser) gehört ebenso dazu, wie alle Mineralien, die je nach Gegend mal mehr oder weniger im Erdboden vorhanden sind.

Da ich ein logisch denkender Mensch bin, macht mich die Verbindung zwischen Mensch und Erde dahingehend neugierig, diese Gemeinsamkeit zu untersuchen.

Die Übereinstimmung dieser Merkmale kann man nun mal nicht

von der Hand weisen. Das erinnert mich an die biblische Schöpfung durch Gott.

Darum möchten wir uns im Laufe des Buches hauptsächlich mit dieser Frage etwas näher befassen.

Kapitel 2 - **Gott oder Götter**

Ganz am Anfang der Bibel, ab 1. Mose, Kapitel 1, wird beschrieben, dass Gott Himmel und Erde, alle Gewächse, Sonne, Mond und Sterne, sowie alle Tiere erschaffen hat. Dann in Vers 26 spricht Gott darüber, dass ER Menschen machen will. Dabei betont ER, dass diese Menschen nach SEINEM Bild, dem Bilde GOTTES geschaffen werden sollen. Und in Kapitel 2 ab Vers 6 wird beschrieben, wie ER das gemacht hat.

> „Und GOTT sprach: Lasset uns Menschen machen, ein Bild, das uns gleich sei ... und so schuf ER den Menschen nach SEINEM Bild, nach dem Bilde GOTTES schuf ER ihn."

Was meinte GOTT damit?

Wenn wir Menschen nach SEINEM Bild geschaffen sind, dann müssten wir doch so aussehen wie ER. In dem Fall hätten wir alle ein einheitliches Äußeres. Wir würden uns so gleichen, wie zum Beispiel ein Ei dem anderen.

Wieso ist das nicht der Fall, obwohl es so in der Bibel steht?

Haben wir da einen Punkt gefunden, der gegen die Schöpfung spricht? Könnte das schon der erste Beweis gegen eine Schöpfung durch Gott sein?

Überlegen wir einmal weiter. Zu wem sagte Gott:

„Lasset uns Menschen machen."

Die Grammatik hilft uns bei dieser Betrachtung vielleicht weiter.

Gott sagte nicht: „Ich will Menschen machen.",

dann wäre ER alleine gewesen.

ER sagte auch nicht: „Lass uns Menschen machen.",

das wären dann zwei Personen gewesen.

Nein, ER sagte:

„Lasset uns (heute sagen wir: Lasst uns) Menschen machen.", es waren also mindestens drei Personen.

Zu der Zeit gab es nur Gott und die Engel, doch wie wir später noch erkennen werden, gehörten die Engel nicht zu der Gruppe, die in dieser Sache tätig wurden.

Demnach blieb nur Gott übrig.

Doch wo kommen dann die restlichen Personen her?

Im Urtext der Bibel finden wir dazu eine besondere Erklärung.

In diesem Urtext, der in hebräischer Sprache geschrieben ist, gibt es ebenfalls, wie bei der deutschen Sprache, einen Unterschied zwischen Plural und Singular (Mehr- und Einzahl). Liest man nun in dieser Sprache die Worte: >am Anfang schuf Gott<, dann steht dort das Nomen (Hauptwort) >Gott< in der Mehrzahl und das Verb, also die Tätigkeit, in der Einzahl.

Das wichtigste Wort für Gott lautet in der hebräischen Sprache: >Elohim<. Die Endung >im< sagt aus, dass es sich dabei um eine Mehrzahl handelt, also nicht Gott, sondern Götter. In der Einzahl heißt das Wort für Gott >Eloha<. Dabei würden wir mit >Gott< übersetzen. Es heißt jedoch >Elohim<, was ganz klar besagt, dass es sich bei dem Gott der Bibel nicht um eine einzelne, sondern um mehrere Personen handelt. Das Wort >bara< heißt übersetzt >schuf<. Es steht in der Einzahl. Das wiederum verdeutlicht, dass >Götter etwas sagte, tat oder schuf<. Götter weist auf *mehrere* Personen hin und das Wort >schuf< auf *eine* handelnde Person. Genau solch eine Aufteilung können wir in obigem Bibelvers erkennen. Dort spricht Gott zuerst von >uns< und gleich danach heißt es >schuf< (das Wort schuf bezeichnet eine einzelne Person).

Wenn es in der Bibel heißt >Gott sprach< oder >Gott tat< etwas, dann steht da manchmal dieses Wort >Gott< in der Mehrzahl. Anhand dieser Betrachtung stellen wir fest, dass Gott Einer ist, in dem es mehrere Götter gibt.

Wie wir wissen, verfügt die deutsche Sprache aber auch noch über passende Artikel zu den Nomen. Werden diese mit einbezogen, dann könnten wir sagen >der Götter schuf<. Richtig hieße es in der deutschen Sprache entweder >der Gott schuf< (Einzahl) oder >die Götter schufen< (Mehrzahl). Es ist aber nur ein einziger Gott, der aus mehreren Teilen besteht. Darum erhält dieser eine Gott den Artikel >der< (Einzahl) und da er nur als ein Gott bezeichnet wird, heißt es auch, dass ER etwas schuf (ebenfalls Einzahl). Wären die Götter keine Einheit unter diesem einen Gott, dann müsste man sagen >die Götter schufen<. Da sie allerdings unter diesem einen Gott, vereint sind, heißt es in der deutschen Sprache >der Götter schuf<.

Es hört sich von der Grammatik her zwar nicht richtig an, doch dadurch wird sehr deutlich, dass Gott >EINER< ist und doch aus mehreren Personen besteht. Diese drei einzelnen Personen der Gottheit sind:

Gott der VATER, Gott der SOHN und Gott der HEILIGE GEIST

Kapitel 3 - **Drei Teile**

Die Bestätigung zu dieser Dreiteilung Gottes finden wir in der Bibel, im Matthäusevangelium, in Kapitel 28, Vers 19. Dort erhalten die Apostel von Jesus den Auftrag, dass die Menschen, die dem Gott der Bibel glauben, getauft werden sollen und zwar auf genau diese drei Personen der Gottheit, nämlich auf den Namen des Vaters, des Sohnes und des Heiligen Geistes.

Nach diesem dreigeteilten Bild wollte GOTT den Menschen schaffen. Gottes Rede betraf demnach nicht sein äußerliches Bild, sondern seine Beschaffenheit. Somit bestehen wir Menschen ebenfalls aus drei Teilen!

Vergleicht man nun alle Mineralien im menschlichen Körper mit den Mineralien, die im Erdreich vorkommen und bezieht das in unsere Betrachtung mit ein, dann ist durchaus denkbar, daß der sichtbare Mensch von Gott, so wie es in der Bibel steht, aus Erde geschaffen wurde.

Darum möchten wir diese >Schöpfung durch Gott< anhand der

 Bibel hier weiter verfolgen.

Die drei Teile des Menschen sind laut Bibel:

der Geist, die Seele und der Leib.

In 1. Thessalonischer, Kapitel 5, Vers 23 können wir lesen, dass unser ganzes Wesen diese drei Teile -den Geist, die Seele und den Leib- umfasst.

Ein Beispiel betrachten wir dazu:

Ein Ei – wir schlagen die Schale auf und trennen Eigelb von Eiweiß. Nun besitzen wir aus diesem einen Ei heraus plötzlich drei
Teile, doch ist es weiterhin ein einziges Ei. Allerdings ist es nur
in dem Fall ein *komplettes* Ei, wenn alle drei Teile zur Verfügung
stehen, selbst dann noch, wenn wir die drei Teile an verschiedenen Orten aufbewahren. Solange es uns möglich ist, auf jedes
Teil zurückgreifen zu können, besitzen wir ein ganzes Ei, das
aus drei Teilen besteht.

Genau so stellen wir uns das auch einmal bei Gott vor. ER ist
ebenfalls eine Einheit, die aus drei Teilen besteht: dem VATER,
der alles umgibt, wie zum Beispiel die Schale, die das Ei zu-
sammenhält, und der auch, wie das Ei von seinem Inneren, etwas hergegeben hat, nämlich SEINEN GEIST und den SOHN,
was wir in einem späteren Kapitel näher betrachten. So waren
sie Drei und doch eine ganze Einheit.

Wichtig ist die Zusammengehörigkeit dieser Einheit und dass
das Gesamtbild dadurch vollkommen wird, weil jedes Teil der
Gottheit immer und überall zur Verfügung steht.

Auch der Mensch ist eine Einheit, die aus diesem menschlichen
Körper, dem menschlichen Geist und der Seele besteht.

Als GOTT sagte

„Lasset uns Menschen machen, ein Bild, das uns gleich ist",

meinte ER damit diese drei Teile. Genau wie ER, sollte auch der Mensch aus drei Teilen bestehen.

Kapitel 4 - **Ein Haus für die Seele**

Bei der Schaffung des Menschen war GOTT als Einheit tätig.

Schauen wir wie ER das praktisch umgesetzt hat.

In 1. Mose, Kapitel 2, Vers 7 können wir lesen, dass Gott einen Klumpen Erde nahm und daraus den Menschen formte - hier treffen wir wieder auf die Bestandteile des Menschen, die sich auch im Erdboden befinden.

> „... Und Gott der HERR machte den Menschen aus einem Erdenkloß und blies ihm ein den lebendigen Odem in seine Nase. Und also ward der Mensch eine lebendige Seele."

Stell dir vor, du hast Knete, Ton, Gips oder eine andere formbare Masse. Du nimmst diesen Klumpen und gestaltest einen Menschen daraus. Doch was wird nun? Dieser geformte Mensch liegt vor dir, aber wie?

Genauso wie der ungeformte Klumpen vorher auch – tot! Ohne Leben!

Den gleichen Arbeitsvorgang hatte Gott, als ER den Menschenaus Erde schuf. Auch vor IHM lag eine leblose, zum Menschen geformte Masse. Bis zu diesem Punkt konnte man bei IHM, abgesehen von der Schönheit der Form, nicht mehr Erfolg erkennen als bei uns. Doch ab dann sind wir begrenzt, aber bei Gott gibt es laut Bibel keine Grenze.

Wie wir in dem obigen Bibelvers lesen können, blies Gott seinen Atem, den wir auch Geist nennen können, in die Nase dieser Form und dadurch wurde die Seele des Menschen lebendig. Gott brauchte eine Wohnmöglichkeit für sie und da die Seele für unsere Augen unsichtbar ist, wollte ER eine Abhilfe schaffen. Darum nahm ER das für uns sichtbare Naturmaterial Erde, um der Seele ein Haus zu bauen.

Seit der Schöpfung wohnt sie nun zur Miete in ihrem Haus. Nachdem Gott den ersten Menschen aus einem Klumpen Erde hergestellt hatte, entsteht, genauso wie es von IHM vorgegeben wurde, für jede Seele immer wieder ein eigener Körper, in dem die Seele bereits bei ihrer Geburt lebt.

Die Häuser, die wir überall sehen können, sind also bewohnt – man merkt, dass sich Leben darin befindet, denn Fenster und Türen (Augen, Ohren, Mund) sind oft geöffnet. Doch diese Häuser können nicht gekauft werden, sie sind nur gemietet. Irgendwann muss man da ausziehen. Dann sind sie wieder leer und unbewohnt. Der zu einem Körper geformte Klumpen hat von da an kein Leben mehr, weil die Seele mit dem Geist gerade in die Ewigkeit gestartet ist, dorthin, wo nun ihr endgültiges Leben erst wirklich beginnt.

Man sagt, dass der Mensch gestorben sei, doch stimmt das eigentlich so nicht wirklich. Er ist nur aus diesem sichtbaren Haus ausgezogen. Der irdische Körper, das heißt: der Körper, der hier auf der Erde existiert hat, wird nach und nach wieder zu dem, was er einmal war, nämlich zu Erde bzw. Staub.

Was ab dem Zeitpunkt des Auszugs aus diesem Haus mit unserer Seele geschieht, betrachten wir in einem späteren Kapitel.

Kapitel 5 - **Mensch – woher kommst du**

Es ist erstaunlich, was ich bis jetzt alles rausgefunden habe, das wird euch sicherlich interessieren!

Wenn man den ganzen Umfang dieser >Schöpfung durch Gott< erkennt, kann an deren Echtheit eigentlich nicht mehr gezweifelt werden – weder an der Bibel, noch an dieser Schöpfung. Es sind oft >Kleinigkeiten<, auf die man nicht achtet, die jedoch wie mehrere Zahnräder ineinandergreifen.

Von dem Augenblick an, als Gott seinen Atem in die Nase des Menschen blies, geschah etwas Außergewöhnliches. Gott gab von SEINEM >immer lebenden Geist< an den Menschen ab, damit auch der Mensch leben konnte.

Nun stellt euch einmal vor, wir hätten die Möglichkeit gehabt, Gott bei der Schöpfung zu beobachten. Das wäre sicherlich sehr interessant gewesen.

Damit wir eine Vorstellung davon erhalten, wie die Schöpfung abgelaufen sein könnte, arbeiten wir nun diesen Vorgang einfach mit unserer Fantasie durch:

{Zuerst sehen wir, wie Gott an diesem Klumpen Erde knetet. Er arbeitet und arbeitet und plötzlich erkennen wir, dass da ein echtes Meisterwerk entsteht. Schön wird diese Skulptur. Man kann auch immer mehr Konturen erkennen … und wie es aussieht, hat der Künstler sein Werk auch schon fertiggestellt. Noch während wir uns das Kunstwerk betrachten, scheint es, als ob Gott es wieder zerstören will und wir denken: >Nein! Das geht doch nicht, was macht ER da! Es ist doch so schön geworden, gefällt es IHM etwa nicht<? Aber … der Meister klappt sein Werk einfach nur auf und beginnt nun auf diese Weise innerlich tätig zu werden.

Es ist nicht genau zu erkennen und zu verstehen, was Gott jetzt vor hat, doch man sieht, dass ER mit sehr viel Liebe und Hingabe arbeitet. Wenn wir es richtig einschätzen, werden da gerade Organe, Sehnen, Muskeln, Nerven und Knochen eingebaut. Ganz sicher sind wir da zwar nicht, aber das würde Sinn machen. An einer Stelle sieht es so aus, als ob da ein Zentrum entsteht – was durchaus das Herz sein könnte. Und auch das Gehirn wird hergestellt – dies lässt sich ganz klar zuordnen. Es entsteht als eine Zentrale, die mit allen Körperteilen verbunden wird. Ja, man kann sagen, dass es wohl so eine Art Schaltzentrale werden soll, die den ganzen Körper kontrolliert, überwacht und bei der alle Fäden über alle körperlichen Abläufe zusammentreffen.

Die Arbeit ist beendet, der Körper wird wieder verschlossen und sieht danach genau so schön aus, wie zuvor. Gott steht davor, betrachtet sich das Kunstwerk und sagt:

„Sehr gut."

Immer noch fasziniert von dieser Arbeit, warten wir, was nun geschieht.

Neben dem Körper kniend, bückt sich Gott immer tiefer über ihn, bis ER diesen fast berührt. Nein! Nicht fast! ER berührt ihn tatsächlich mit seinem Gesicht, atmet dann ganz tief ein und bläst die Luft SEINES Atems in die Nase des von IHM gestalteten Kunstwerkes.

Doch was geschieht jetzt …! ??

Als Gott seinen Atem in die Nase dieser Skulptur bläst, setzt ER einen Prozess in Gang, der uns immer mehr staunen lässt, denn …. plötzlich bewegt sich diese geformte Erde. Sie beginnt zu atmen, man sieht, wie sich der Brustkorb hebt und senkt. Indem der Körper sich anspannt und streckt, verändert die Erde dieses Kunstwerkes ihre Struktur und wird zu Fleisch! Der ganze Leib ist plötzlich lebendig – wohl, weil der Geist gerade die Seele aufgeweckt hat. Das Leben aus Gott ist es, das diesen Prozess der Veränderung von Erde in Fleisch ermöglichte.

Der Mensch wurde durch diesen Prozess zu einer lebendigen Seele.

Die Augen des Körpers und dessen Mund öffnen sich und! … ? Haare wachsen aus dem Kopf … es ist einfach faszinierend!

Der Körper setzt sich, nutzt seine Augen und schaut neugierig umher. Dann erhebt er sich und stellt fest, dass die Füße zum Laufen nützlich sind. Auch andere Teile des Körpers können einzeln bewegt werden. <

Und dann ist da Gott, der sich über sein Geschöpf freut, es >sehr gut< findet und ihm den Namen „'adamAh" gibt.}

Das hebräische Wort für Erde ist „'adamAh". Im weiteren Verlauf der Bibel erhielt dieses erste Geschöpf Gottes, der Mensch, den Namen Adam. Eben darum, weil sein Körper aus Erde hergestellt wurde.

Der Mensch ist also durch den Geist ein Teil von Gott und durch die Erdenmasse, die zu Fleisch wurde, ein Teil von dieser Erde. Man kann auch sagen, dass der Mensch aus zwei Teilen besteht, dem unsichtbaren, geistlichen Teil und dem sichtbaren, natürlichen Teil.

Mit dieser Beschreibung können wir endlich verstehen, wo wir herkommen und wie wir entstanden sind. Die Schöpfung durch Gott anhand der Bibel ist eigentlich sehr realistisch. Viele Menschen wissen nichts von dieser wunderbaren Schöpfung. Warum?
Weil sie sich nicht darüber informieren! Sie sehen es nicht als eine Notwendigkeit an, ihre Gedanken damit zu füllen.

Das ist schade, denn in dieser Angelegenheit gibt es ausnahmsweise einmal keinen einzigen Außenseiter – hier sind wir alle in der gleichen Situation vereint, ohne Ausnahme. Wer seinen Verstand einschaltet und logisch mitdenkt, der wird plötzlich begreifen, wie wichtig es ist, sich mit unserer aller Ursprung zu beschäftigen.

Kapitel 6 - **Der Geist des Menschen**

In der hebräischen Sprache, in der das Alte Testament geschrieben wurde, wird für den Begriff >Geist< das Wort >ruach< benutzt.

Das Neue Testament wurde hauptsächlich in griechischer Sprache verfasst, in der man für den Begriff >Geist< das Wort >pneuma< gebraucht.

Für die beiden Worte: >ruach< und >pneuma<, gibt es mehrere Bedeutungen.

Außer für das Wort >Geist<, stehen diese Worte unter anderem auch noch für >Wind<, >Hauch< und >Atem<.

Diese vier Worte haben bei der Schaffung des Menschen eine sehr enge Beziehung zueinander. Es heißt nämlich: >Gott hauchte oder blies seinen Atem in den Menschen<. Dadurch gab ER ihm von SEINEM lebenden Geist. Mit dieser Beschreibung wird also bestätigt, dass der Wind, der Hauch und der Atem mit dem Geist gleichbedeutend, bzw. identisch sind.

Nun steht in der Bibel, dass Gott seinen <u>lebendigen</u> Atem in die Nase des Menschen blies. Anhand unserer Betrachtung kann man dann aber auch sagen, dass Gott seinen lebendigen Geist in die Nase des Menschen blies, um so diesem Menschen ebenfalls einen Geist zu geben, durch den er leben kann.

Damit ist gemeint, dass dieser Geist in uns Menschen auch immer lebt. Er ist ein Lebensspender, denn ohne ihn könnte unser Körper nicht mit Sauerstoff versorgt werden. Jedes Lungenteil wäre ohne den lebensspendenden Atem überflüssig.

Wie im Internet bei Wikipedia unter dem Begriff: >Dr. Gumpert< zu lesen ist, verfügt die Oberfläche der Lunge über keine feste, eigene Form, wie etwa das Herz, der Magen oder die Nieren. Die Lunge ist beweglich und wird von den sie umgebenden Organen individuell an diese angepasst/in Form gehalten – auch die Luft um uns Menschen ist beweglich, sie wird durch Gegenstände oder die Bewegungen der Lebewesen und der Natur verdrängt, um sich all diesen Widerständen anzupassen.

Genau genommen konnte der Mensch also erst atmen, nachdem Gott seinen Geist in ihn geblasen hatte, denn der Geist und der Hauch oder Atem, mit dem wir Wind erzeugen können, gehören ja, wie wir gerade gelernt haben, untrennbar zusammen.

Auch wenn wir Reden, sind wir auf diesen Atem angewiesen, denn mit dem Aushauchen werden unsere Worte deutlich hörbar. Die Atmung signalisiert somit die Anwesenheit unseres Geistes. Es handelt sich dabei um den geistlichen, einen unsichtbaren Teil unseres Leibes. Da der Atem, also unser Geist, sehr eng mit der Seele verbunden ist, werden wir in dem Kapitel über die Seele noch weiter auf den Geist eingehen.

Im Buch Hiob, das im Alten Testament zu finden ist, steht in Kapitel 34, in den Versen 14 + 15 eine schöne Beschreibung zu

Geist und Atem, die von mir etwas verständlicher formuliert wurde.

>Gott denkt an die Menschen, nicht nur an sich. Sonst würde ER seinen Geist und Atem wieder zurücknehmen. Dann würden alle Menschen miteinander vergehen und wieder zu Erde werden<.

Das Buch Hiob ist eines der ältesten Bücher der Bibel. Möglicherweise ist es sogar das älteste Bibelbuch überhaupt. Zu der Zeit wussten die Menschen noch, woher sie kamen.

Aber auch in Psalm 103, Vers 14 ist zu lesen, dass Gott weiß, was für ein Gebilde wir Lebewesen sind; ER vergisst es nicht: wir sind aus Staub.

Es gibt mehrere, ähnliche Bibelstellen, in denen die Bezeichnungen: Staub, Erde oder Lehm genutzt werden. Alle drei Worte, bezeichnen jedoch den Erdboden, der je nach Gegend eine unterschiedliche Konsistenz aufweist.

Kapitel 7 - **Meine Seele und ICH**

Die Seele ist ein Wesen in uns, über das wir wenig wissen. Fragen die wir dazu haben, werden nicht immer beantwortet. Darum wollen wir uns in diesem Kapitel etwas eingehender mit der Seele beschäftigen.

Ich zitierte bereits aus 1. Mose, Kapitel 2, Vers 7:

> „...GOTT blies ihm ein den lebendigen Odem in seine Nase. Und also ward der Mensch eine lebendige Seele."

Wie wir hier lesen können, wurde der Mensch zu einer Seele, die Leben bekam. Es ist also berechtigt, wenn wir sagen, dass die Seele der eigentliche Mensch ist. Das aber zeigt uns, dass der wirkliche Mensch nicht das ist, was wir sehen können, sondern dass es sich dabei um die für uns unsichtbare Seele handelt. Diese Seele ist die wirkliche Person in dem Haus aus Naturmaterial. Ab dem Moment, als sie vom Geist ihr Leben bekam, gehörte auch dieser Geist zu der Person dazu. Diese Verbindung wird über den Tod hinaus bestehen bleiben. Beide, Geist und Seele, ergänzen sich, aber die Seele gehört zu unserem ICH – sie ist unser ICH.

In der Seele baute Gott unsere Persönlichkeit ein. Dieses Wort >Persönlichkeit< meint das, was wir wirklich sind und darstellen. Dazu gehören unser Wille, unsere Gefühle, unsere Intelligenz mit Gedanken und dem Verstand, sowie unser Gewissen.

Allein das Leben, das die Seele an unseren Körper weiter gibt, macht es möglich, dass wir unsere Sinne gebrauchen, sowie denken, reden und uns bewegen können. Die Funktion aller unserer Organe hängt von diesem Leben aus der Seele heraus ab.

Wir können uns das in etwa so vorstellen, als ob wir einen sichtbaren Körper haben, in dem noch ein anderes, unsichtbares, lebendiges Wesen steckt, das wir Seele nennen. Das wiederum besitzt einen zentralen Kern, den Geist, aus dem das Leben strömt.

Schauen wir uns dazu eine Hand an. Wir können sie bewegen und mit ihr arbeiten.

Warum?

Weil sich darin eine lebendige Seele befindet, die durch ihr Zentrum Leben erhält.

Wir legen einen Handschuh vor uns hin, der absolut leblos ist – er ist tot und hat keine Möglichkeit sich zu bewegen. Doch sobald wir ihn über eine Hand ziehen, bekommt er Leben. Die Hand, die in ihm drin steckt, macht ihn beweglich. Aber diese Hand kann sich nur darum bewegen, weil sie durch den Geist in ihr lebendig ist. Wäre dieser Geist nicht vorhanden, wäre auch die Hand nicht aktiv. Sobald jedoch der Handschuh die Hand bedeckt, ist diese selbst nicht mehr zu sehen. Ihre Funktion erkennen wir nur noch anhand des Handschuhs.

Genau so können wir uns das nun auch bei unserem Körper vorstellen. Er ist mit dem Handschuh zu vergleichen, in ihm befindet sich die Seele, die sich selbst und dadurch unseren Körper bewegen kann. Doch ausschlaggebend für alle Bewegungen ist nicht die Seele, sondern ganz innendrin der Geist. Ohne ihn geht überhaupt nichts, weil auch die Seele ohne ihn kein Leben hätte.

Dieses von Gott über den Geist an die Seele gegebene Leben wird nie vergehen, weil dieser >Leben gebende Gott< immer war, jetzt existiert und für immer bleiben wird. ER hat keinen Anfang und kein Ende, was wir Menschen nicht verstehen können, sondern glauben müssen, weil es bei uns immer einen Anfang und ein Ende gibt. Durch Gottes Geist in uns, ist darum auch der Mensch eine Seele, die durch den Geist von Gott lebt und nie vergeht.

Kapitel 8 - **Geist und Seele**

Als Gott den Menschen formte, arbeitete ER die Seele bereits in diesen Körper mit ein, denn sie ist ein eigenständiges Teil davon. Dann gab ER, wie wir bereits gelesen haben, von seinem immer lebenden Geist an die Seele weiter, die auf diese Weise auch ein immerwährendes Leben erhielt. Man könnte durchaus sagen, dass genau so, wie Wasser aus einer Quelle sprudelt, so sprudelt unser Leben aus dem Geist in die Seele. Diese wiederum gibt von ihrem Leben an unseren Körper weiter, damit auch der lebendig sein und funktionieren kann. Sie hat demnach eine sehr große Bedeutung für unser Dasein, denn sie ist sozusagen das Bindeglied zwischen unserem Geist und dem natürlichen Körper, unserem Haus.

Wir haben gelesen, dass unser ganzes Wesen den Geist, die Seele und den Leib umfasst. In dieser Reihenfolge können wir sagen, dass der Geist die Seele mit Leben versorgt und die Seele gibt dieses Leben an den Leib weiter. Beachten wir dabei die genaue Reihenfolge. Diese beginnt mit dem Geist, weil der Geist als Zentrum in uns das Wichtigste ist, durch das wir Leben haben. Dann kommt die Seele, die durch den Quellzufluss des Geistes das eigentliche ICH in uns ist. Zuletzt das Haus der Seele.

Nimmt man noch einmal das Ei als Beispiel, dann wäre unser Geist mit dem Eigelb zu vergleichen, denn auch aus diesem

Zentrum heraus kann bei bestimmten Voraussetzungen Leben entstehen. Genauso, wie das Eiweiß ein Schutz um das dann entstehende Leben herum ist, genau so ist auch die Seele eine Hülle um das Zentrum des Menschen. Ganz außen, für uns alle sichtbar, ist beim Ei die Schale. Beim Menschen ist es der für jeden sichtbare Körper.

Schauen wir uns das Zusammenspiel zwischen sichtbarem und unsichtbarem Teil unseres Lebens an. Beide Teile haben ihre Aufgaben und beide Teile sind lebensnotwendig.

Über die lebensspendende Arbeit des Geistes sind wir bereits informiert. Durch seinen Dienst, begann das Herz des Menschen tätig zu werden. Das Herz, das ja von Gott bereits mitsamt den Adern, Venen und allen anderen Organen in diesen geformten Körper mit eingearbeitet wurde, erhielt die Aufgabe diesen natürlichen Leib am Leben zu erhalten, indem es das Blut durch den Körper pumpt. Zirkuliert in unserem Körper kein Blut mehr, setzt auch die Atmung aus – der Mensch stirbt dann automatisch. Genau das geschieht auch, wenn man erstickt. Die Atmung fällt aus und dadurch beendet der Geist seine Tätigkeit im Leib. Ab diesem Moment werden auch alle Organe, mitsamt der Pumpe unseres Herzens, nicht mehr funktionieren. Dies bedeutet das Ende aller Aktivitäten – also auch das Ende des Lebens im sichtbaren Körper. Geist und Seele geben ihren Dienst darin auf. Das führt dazu, dass das Fleisch in Verwesung übergeht und nach und nach wieder zu Erde wird. Das Blut gehört demnach zu dem natürlichen, sichtbaren Teil unseres Leibes.

Solange wir auf dieser Erde leben, arbeiten der natürliche und der unsichtbare Teil unseres Leibes zusammen. Darum haben auch beide eine sehr große Bedeutung für das Leben des Menschen. Demnach können wir ohne die unsichtbaren Bestandteile, die sich in diesem Leib befinden, nicht existieren.

Die Bibel spricht in 3. Mose, Kapitel 17, Vers 11 davon, dass das Blut das Leben dieses Körpers ist. Anders ausgedrückt können wir auch sagen, dass dieses Fleisch nur so lange bestehen kann, wie das Blut durch den ganzen Körper fliest. Alles was nicht durchblutet ist, hat kein Leben.

Der Geist aktiviert über unsere Seele aber auch das Gehirn, dem ebenfalls nur auf diese Weise die Möglichkeit gegeben ist, seine Arbeit zu tun.

Es erinnert an einen Computer. Der kann nur dann tätig werden, wenn er angeschaltet und mit Strom versorgt wird. Ohne diese beiden Punkte ist es ihm niemals möglich aktiv zu werden. So ist das auch bei dem Gehirn des Menschen. Es konnte erst dann seine zentrale Stellung über den natürlichen Körper ausüben, als es durch den Geist angeschaltet und danach durch das Leben aus der Seele mit Strom versorgt wurde.

Vergleichen wir das Gehirn des Menschen mit einer Festplatte, die zu diesem eingeschalteten Computer gehört. Nur wenn diese Festplatte richtig programmiert und dann mit immer mehr Wissen bestückt wird, ist sie in der Lage, ihre Arbeit zu unserer Zufriedenheit auszuführen.

Es gibt verschiedene Programme auf dieser Speicherplatte, die auch unsere Intelligenz und den Verstand mit allen Gedanken, sowie unseren Willen und unsere Gefühle betreffen. Zu jedem Programm wurden verschiedene Dateien und Ordner angelegt. Alles, was diesen Dateien zugeführt und all das Material, das durch die verschiedenen Programme auf der Speicherplatte erarbeitet wird, läuft über unsere Seele, denn sie ist ja der eigentliche Mensch. Jeder hier angesprochene Baustein dient dazu, die Dateien im Gehirn zu füttern. Alles was wir über unsere Sinne erlernen und mit dem wir unsere Intelligenz aufbauen, gehört zu diesem Futter. Der Verstand hilft dabei alle neuen Erkenntnisse und unsere Gedanken zu sortieren. Entscheidungen die wir mit unserem Willen treffen und die Gefühle, die uns manchmal total beherrschen, sind ebenfalls Dateien auf dieser Festplatte. Für die Zuordnung verantwortlich ist immer die Seele. Selbst die Kontrollfunktion des Gehirns über alle Bewegungsabläufe unseres Körpers, ist nur durch das Leben der Seele möglich.

So wie uns der Geist als Lebensspender aktiviert und in Bewegung bringt, so ist die Seele die Verwalterin unserer Persönlichkeit. Der Geist nimmt aber trotzdem an allem Teil. Es interessiert ihn und er informiert sich über all das, was in uns geschieht. Sprüche, Kapitel 20, Vers 27 verdeutlicht das sehr schön:

> „Eine Leuchte des Herrn ist des Menschen Geist; die geht durch alle Kammern des Leibes."

Geist und Seele wirken beide wie eine Einheit, doch genau so, wie die Hand und der Handschuh eine Einheit von Körper und Seele symbolisieren, aber trotzdem voneinander getrennt sind, genau so ist auch der Geist mit der Seele auf ewig verbunden und doch sind es zwei unterschiedliche Teile von uns. Jedoch nur durch die Zusammenarbeit von Geist, Seele und Leib, besitzen wir die Fähigkeit diese Dinge zu nutzen, die uns in unserem Haus zur Verfügung stehen.

Alle hier angesprochenen Bestandteile der Seele sind Grundbausteine, über die der Charakter von uns Menschen geprägt wird. Es kommt dabei darauf an, wie diese Grundbausteine von uns selbst gebraucht oder von der Umwelt, in der wir leben, beeinflusst werden. Entsprechend dieser Beeinflussung bildet sich unser Charakter aus.

Ganz bewusst betone ich in diesem Kapitel den Zusammenhang von Geist, Seele und Leib so intensiv, weil es unsagbar wichtig ist, dass wir wirklich begreifen können, wie wir Menschen von Gott zusammengesetzt wurden.

Kapitel 9 - **Wo wohnen Geist und Seele**

Wir haben gelernt, dass unser natürlicher Leib das Haus ist, in dem unsere Seele lebt. Gott hatte der Seele jedoch bereits, noch bevor sie ihr Leben vom Geist erhielt, einen bestimmten Platz zugewiesen. Das sollte der Punkt sein, von dem aus sie das Leben im ganzen Körper verteilen kann.

Um dieses Haus zu erhalten, damit es bewohnbar bleibt, braucht es Blut. Wie wir aus 3. Mose, Kapitel 17, Vers 11 bereits wissen, befindet sich das Leben unseres Körpers im Blut. Dieses Leben kommt allerdings aus der Seele. Damit die nun ihr Leben im ganzen Körper verteilen kann, erhielt sie ihren Wohnsitz im Herzen des Menschen. Durch den Blutkreislauf, der von der Pumpe des Herzens angetrieben, durch unseren ganzen Körper geschickt wird, wird das Leben aus der Seele ständig mittransportiert.

Mit diesem Wissen können wir die Aussage der zitierten Bibelstelle genau nachvollziehen, nämlich, dass sich das Leben dieses Leibes im Blut befindet. Es handelt sich dabei also um das Leben aus der Seele, nicht um die Seele selbst.

Man sollte das demnach nicht so verstehen, als ob das Blut die Seele des Menschen ist. Es ist das Leben aus der Seele, das sich im Blut befindet. Wir können auch sagen:

> >Unser sichtbares ICH (Seele), schickt sein Leben mit

dem Blut auf die Reise, damit unser natürlicher Körper (das Haus), brauchbar bleiben kann<.

Nur darum und nur so lange das Herz schlägt, kann die Seele das Haus mit Leben versorgen, so dass alle Teile des Menschen aktiv sein können.

Dieses Leben der Seele kommt jedoch ursprünglich von Gott – DER ist heilig.

Genau darum ist auch das Blut für Gott so wichtig. Es handelt sich zwar jetzt um unser Leben, das sich im Blut befindet, doch es kommt von Gott – mit SEINEM Hauch (Geist) übertrug ER Leben von sich auf unsere Seele und genau darum ist dieses Leben im Blut für IHN auch so wertvoll.

Der Saft des Blutes enthält also Leben aus der Seele. Wäre es so, dass sich die Seele selbst im Blut befände, dann könnte diese nicht für alle Ewigkeit weiter leben. Sie würde nach dem Tod des Menschen mit dessen Fleisch untergehen. Doch wie wir im Laufe dieses Buches noch sehen werden, ist das nicht der Fall. Die Seele wird für alle Ewigkeit weiter leben. Sie kann nicht mehr sterben, weil sie die wirkliche Person in uns ist. Jetzt ist sie durch das Leben, das sich im Fleisch befindet, noch mit der Erde verbunden, weil das Fleisch zu dieser Erde gehört. Wir wissen aber, dass sie durch das ewige Leben von Gott sehr eng mit dem Geist verknüpft wurde.

Sobald das Fleisch stirbt, wird die Seele darum gemeinsam mit dem Geist dieses Haus verlassen, um in dem für uns jetzt noch unsichtbaren Bereich in allen Ewigkeiten weiter zu leben.

Eine Bestätigung dazu finden wir in Offenbarung, Kapitel 20, Vers 4. Dort geht es um Menschen, die durch Enthauptung verstorben und deren Seelen auch in der Ewigkeit weiterhin vorhanden sind.

> „.... Ich sah auch die Seelen derer, die enthauptet worden waren. ....“

Nach dem Auszug aus diesem Haus, wird das Leben, also die Seele des Menschen, nicht mehr im Blut zu finden sein, aber das Blut selbst verbleibt im Körper.

Die Bibel sagt dazu ganz klar, dass dieses Fleisch mitsamt dem Blut, nicht in alle Ewigkeit weiter bestehen bleibt. In der Ewigkeit gibt es weder Fleisch noch Blut. Zu lesen ist das im Neuen Testament, in 1. Korinther, Kapitel 15, Vers 50:

> „Fleisch und Blut können nicht in das Reich der Ewigkeit kommen.“

Es ist also von Gott bereits festgelegt, dass alles Sichtbare, das auch zu diesem natürlichen Körper gehört, wie das Fleisch und das Blut, nicht für die Ewigkeit bestimmt sind – im Gegensatz zu dem Unsichtbaren, dem Geist und der Seele.

Schauen wir uns nun noch einige Bibelstellen an, die bestätigen, dass die Seele ihren Sitz im Herzen hat.

In Markus Kapitel 7, Vers 21 und in Matthäus, Kapitel 15, Vers 19 können wir lesen, dass aus dem Herzen heraus böse Gedanken kommen.

> „…. Denn von innen, aus dem Herzen der Menschen, gehen heraus böse Gedanken, Ehebruch, Hurerei, Mord, Dieberei, Lügen, Lästerung."

In Matthäus, Kapitel 15, Vers 18, steht:

> „…. Was aus dem Munde herauskommt (reden), das kommt aus dem Herzen und das verunreinigt den Menschen." (Diese Verunreinigung resultiert aus den bösen Gedanken)

Lesen wir auch noch 5. Mose, Kapitel 4, Vers 9:

> „…. Vergiss nicht die Geschichten, die deine Augen gesehen haben, lass sie dein Leben lang nicht aus deinem Herzen verschwinden, damit du es auch deinen Kindern erzählen kannst."

Wie wir gelernt haben, sind unsere Gefühle, unser Wille und Verstand mit Intelligenz, sowie den Gedanken, in der Seele eingebaut. Diese drei Bibelstellen bestätigen, dass unser Denken mitsamt der Erinnerung und das Reden, aus dem Herzen kommen. Das wiederum besagt ganz klar, dass der Sitz der Seele im Herzen verankert ist.

Diese Tatsache, dass unsere Gefühle zur Seele gehören die ihren Sitz im Herzen hat, bestätigt sich auch immer wieder, wenn wir Freude oder Traurigkeit erleben. Alles was wir empfinden, wird von uns besonders bei Traurigkeit realisiert. Verletzt uns jemand mit Worten, werden unsere Seele und dadurch auch der Geist angesprochen. Wir spüren einen Schmerz in uns. Oft könnten wir dann sagen, dass sich durch diese Verletzung unser Herz verkrampft. Das fühlt sich so ähnlich an, als ob wir einen Schmerz an unserem sichtbaren Körper erhalten hätten.

Die unsichtbare Wunde signalisiert uns aber, dass wir eine Seele besitzen, die im Herzen zu finden ist.

Doch kommen wir auch noch zu dem Geist.

Wo wohnt ER?

Über den Geist haben wir bereits gelesen, dass er das Zentrum, die Quelle, des Lebens ist. Sein Platz sollte sich demnach innerhalb der Seele befinden, die wiederum ihren Sitz im Zentrum des Fleisches, dem Herzen, hat. Auf diese Weise ist die Versorgung der Seele mit Leben gewährleistet, was über die Blutzirkulation das Leben des Fleisches garantiert.

Nun sind wir uns aber auch darüber im Klaren, dass jedem Menschen durch den Atem von Gott ein ganzes Paket unsichtbaren

Lebens zur Verfügung steht, das für dieses Leben auf der Erde genauso wichtig ist, wie das Blut. Es handelt sich dabei um Geist, Atem, Wind und Hauch. Diese garantieren das unsichtbare Leben für unseren Körper, zu dem auch über das Atmen der Sauerstoff gehört.

Bedenken wir nun, dass der Sauerstoff mit unserem Zentrum, dem Geist, in Verbindung steht, dann kann man durchaus auch die Verbindung von Sauerstoff und Blut verstehen. Denn wie uns allen sicherlich bekannt ist, wird unser Körper durch den Blutstrom auch mit Sauerstoff versorgt. Auf diese Weise verteilt sich das unsichtbare Leben des Geistes durch das ganze Haus. Somit können wir aufs Neue feststellen, dass unser Leib durch zwei verschiedene Arten von Leben erhalten wird. Dem Geistlichen und dem Natürlichen – also dem unsichtbaren und sichtbaren Leben.

Kapitel 10 - **Was ist eine Ewigkeit**

Das Wort Ewigkeit wurde bereits und wird in diesem Buch öfter erwähnt. Da jedoch nicht jeder die Vorstellungsgabe hat zu verstehen, um was es sich bei einer Ewigkeit handelt, ist die nachfolgende Beschreibung sehr wichtig.

Stell dir vor, jedes Jahr einmal kommt ein Vogel zum höchsten Berg der Erde und wetzt (reibt) seinen Schnabel daran.

Wie lange dauert es wohl, bis es diesen Berg durch die Arbeit des Vogels nicht mehr gibt?

Man bedenke dabei, dass der Vogel nur einmal im Jahr kommt, um seinen Schnabel an dem Felsen zu wetzen.

Können wir uns das überhaupt vorstellen?

Eigentlich nicht, stimmt's?

Es handelt sich dabei um eine undendlich lange Zeit, die unser Gehirn überhaupt nicht realisieren kann.

Jetzt versucht euch vorzustellen, dass diese unendlich lange Zeit gerade einmal eine Sekunde in der Ewigkeit darstellt.

Für uns ist eine Sekunde sofort vorüber, doch in der Ewigkeit gibt es keine Zeit. Dort gibt es kein Ende mehr. Die Ewigkeit hört niemals mehr auf. Sie besteht für immer und ewig.

Und nun denken wir an die Seele in uns Menschen, die ja durch diesen Atem von Gott Leben bekommen hat. Ein Leben das für alle Ewigkeit bestehen bleibt, weil dieser Atem von Gott niemals mehr vergeht – auch unsere Seele wird genau darum niemals mehr vergehen. Aber wo wird unsere Seele sein, wenn sie hier aus diesem Haus auszieht?

Die Antwort darauf finden wir im nächsten Kapitel.

Doch was mit unserem Leib wird, wenn der Auszug stattfindet, das lesen wir hier nachfolgend.

Wir werden einen anderen, ähnlichen Körper erhalten, den die Bibel >geistiger Körper< nennt. Es wird ein Körper ohne Fleisch und Blut sein, denn diese Bestandteile braucht man nur in unserem Haus auf der Erde.

Zu dem jetzigen, dem natürlichen, und dem geistigen Leib, sagt die Bibel in 1.Korinther, Kapitel 15, Verse 40 + 44:

> „Es gibt himmlische Körper und irdische. Die Herrlichkeit der himmlischen ist jedoch eine andere als die der
>
> irdischen."

> „Jetzt sind es natürliche, menschliche Körper, aber wenn sie (die Menschen) auferstehen, werden es geistige Körper sein. Denn so wie es irdische Körper gibt, so gibt es auch geistige."

In dem jüdischen NEUEN TESTAMENT v. David H. Stern, dessen Übersetzung mir sehr gut gefällt, können wir ab Vers 45 folgende Worte lesen:

„Ja die Tenach (Tenach ist die hebr. Bibel, das Alte Testament) sagt es folgendermaßen: Adam, der erste Mensch, wurde ein lebendiger Mensch, der letzte >Adam< aber ist der lebensschenkende Geist geworden. Beachtet jedoch, dass nicht der Leib aus dem Geist zuerst kam, sondern der gewöhnliche menschliche; der aus dem Geist kommt danach (oder später). Der erste Mensch ist von der Erde, aus Staub gemacht; der zweite Mensch ist vom Himmel. Aus dem Staub Geborene sind wie der Mensch aus Staub, und aus dem Himmel Geborene sind wie der Mensch vom Himmel; und so, wie wir das Bild des Menschen aus Staub getragen haben, werden wir auch das Bild des Menschen vom Himmel tragen. Lasst mich dies sagen, Brüder: <u>Fleisch und Blut</u> können nicht am Reich Gottes teilhaben, und ebenso wenig kann etwas, das verwest, teilhaben an dem, das nicht verwest."

Kapitel 11 - **Wo verbringt unsere Seele die Ewigkeit**

Hier wollen wir nun die Frage aufgreifen, die im letzten Kapitel offen blieb. Dabei handelt es sich um eine gute Frage:

> Wo soll die Seele leben, wenn der Mensch stirbt?

Wir wissen ja jetzt, dass der Geist, sowie die Seele für allezeit zusammengehören und für immer existieren.

Wo, also, verbringen sie die Ewigkeit?

Laut Bibel gibt es keine Reinkarnation – es gibt nur ein einmaliges Leben und Sterben. In Hebräer, Kapitel 9, Vers 27 lesen wir dazu:

> „Und genauso, wie es bestimmt ist, dass jeder Mensch nur ein Mal stirbt, worauf das Gericht folgt ..... .“

Wenn wir die Schöpfung der Bibel weiter verfolgen und den Aufbau, sowie die Zusammensetzung des Menschen mit in Betracht ziehen, werden wir in dieser Bibelstelle eine nachvollziehbare Logik erkennen. Aber wo werden Geist und Seele dann die Ewigkeit verbringen?

Gott hat für unseren Aufenthalt in der Ewigkeit vorgesorgt. Es stehen uns zwei Orte zur Verfügung, von denen wir uns während dem Leben auf dieser Erde einen aussuchen dürfen. Gemeint sind Himmel oder Hölle – dazwischen gibt es absolut nichts – nur diese beiden Möglichkeiten stehen zur Auswahl.

> WOW! <, werden jetzt einige von euch vielleicht denken. >Aber eigentlich ist das doch ein dummes Gefasel! Wer glaubt denn wirklich noch an das Märchen von der Hölle! Davon redet man doch nur noch, aber wirklich existieren – nee, nee – da könnt ich mich ja in die Ecke werfen vor Lachen<!

Na, dann lies mal folgenden Bericht, der in der Bibel im Lukas-evangelium, Kapitel 16, in den Versen 19 – 31 zu finden ist.

Dort handelt es sich um eine wahre Begebenheit, denn es werden bestimmte Personen und auch ein Name genannt. Zum besseren Verständnis finden wir in der Bibel oft Beispiele, die ja nicht wirklich geschehen sind. Gleichnisse werden diese Beispiele in der Bibel genannt. Doch hier wird ganz offensichtlich eine wahre Begebenheit erzählt. Es geht dabei um einen reichen Mann und um den armen Lazarus. Dieser war krank und schleppte sich oft vor die Tür des Reichen, bei dem er um Essen bettelte. Doch der Reiche war sehr egoistisch und meinte es nicht gut mit dem Kranken. Beide starben. Zuerst Lazarus und etwas später dann auch der reiche Mann. Lesen wir, was nach ihrem Tode geschah:

>Der reiche Mann in dieser Begebenheit, wusste sehr genau, dass er nach seinem Tod in der Hölle gelandet war. Er hatte Gefühle, gebrauchte seinen Willen, verfügte über seinen Ver-

stand und konnte darum sowohl denken, als auch reden, weil Geist und Seele, mit allem was dazugehört, auch noch nach seinem Tode existierten. Er sagte, dass er Schmerzen habe und dringend etwas kühles Wasser brauche, weil es da, wo er sich befinde, zu heiß sei und er es nicht mehr aushalten könne. Er bettelte darum, dass Lazarus, der nach seinem Tod im Himmel war, den er über eine große Kluft hinweg sehen und immer noch erkennen konnte, doch einmal einen Finger in Wasser tauchen und seine, des reichen Mannes, Lippen damit befeuchten dürfe. Doch es war nicht möglich, weil die Entfernung zwischen Himmel und Hölle zu groß und unüberbrückbar war. Der Reiche bettelte auch darum, dass man seine Brüder warnen solle, damit sie nicht ebenfalls an diesen Ort der Qual kämen, wie er. Als Antwort wies man ihn darauf hin, dass seine Brüder die Schriften und Propheten hätten (was wir in unserer Zeit mit der Bibel gleichsetzen können). Dort könnten sie erfahren, wie es nach dem Sterben weitergeht und was sie tun müssten, um nach ihrem Tod nicht an diesen Ort zu kommen. Wer über solche Informationen verfüge und diese dann trotzdem nicht glauben wolle, würde auch nicht glauben, wenn einer wie Lazarus von den Toten zurückkäme, um sie über die Hölle aufzuklären<.

Diese große Entfernung zwischen Himmel und Hölle besteht noch immer. Auch ein gegenseitiges besuchen geht nicht – wer in der Hölle ist, ist und bleibt in der Hölle und wer im Himmel ist, bleibt im Himmel. Ein gegenseitiger Austausch ist unmöglich.

Soweit der Bericht über die Hölle.

Glaubt mir, sie existiert wirklich. In der Bibel gibt es einige Aussagen darüber. An manchen Stellen wird die Hölle als ein sehr großer Feuersee beschrieben, in dem die Seelen für immer brennen, aber nie verbrennen. Sie existieren ja für immer und ewig. Darum werden ihre Qualen auch niemals mehr aufhören.

In dem ganz alten Bibelbuch Hiob, aus dem wir schon einmal einen Text betrachtet haben, gibt es in Kapitel 7, Verse 9 + 10 folgende Beschreibung:

> „Eine Wolke vergeht und fährt dahin: wer in die Hölle hinunterfährt, kommt nicht wieder herauf und kommt nicht wieder in sein Haus, ..."

Die Hölle sollte man also nicht als ein Märchen abtun, denn das ist gefährlich für das spätere Leben außerhalb dieses Körpers, der ja in unserem Beispiel als ein Haus bezeichnet wird.

Wer hier auf der Erde, zu der Zeit wenn er im natürlichen Leib lebt, diese Tatsache ignoriert, der hat später keine Chance mehr das zu ändern. Genau aus diesem Grund wollte ja auch der Reiche Mann in der Hölle, dass seine Brüder dort nicht hinkommen sollten. Er wollte, dass sie das zu ihren Lebzeiten erfahren, um darauf reagieren zu können. Darum ist es so wichtig, dass wir uns mit diesem Thema beschäftigen. Sollten Freunde lachen und darüber Witze machen, wenn man selbst an den Himmel und die Hölle glaubt und sich auf das Leben nach dem Auszug aus diesem Haus vorbereitet, dann ist unser Mitleid gefragt, weil diese Menschen vielleicht zu spät erkennen, dass sie besser nicht gelacht hätten. Diese lachenden Menschen verdienen Mitleid, weil sie sich auf einem sehr gefährlichen Weg befinden. Sich selbst sollte man nicht davon abhalten lassen seine eigenen Vorbereitungen zu treffen. Über die Art der Vorbereitung – später mehr.

Aber auch über die Stadt Gottes und den Himmel wird uns in der Bibel berichtet. Den größten, zusammenhängenden Text finden wir in der Offenbarung, dem letzten Buch der Bibel. Wir schauen uns Kapitel 21, Vers 3 bis Kapitel 22, Vers 5 an. Diese Passage solltet ihr unbedingt einmal ganz lesen – ich werde nur einige Punkte daraus erwähnen.

Gott wird bei den Seelen, die in den Himmel kommen, wohnen - sie werden SEIN Volk und ER ihr Gott sein. Alle ihre Tränen wird ER von ihren Augen wischen und den Tod wird es dort nicht mehr geben. Aber auch keine Trauer, kein Weinen, kein Geschrei und keinen Schmerz wird es mehr geben. Und Gott, auf SEINEM Thron sitzend, sagt, dass ER alles neu macht. ER will den Durstigen umsonst von dem Brunnen des lebendigen Wassers geben.

Die Stadt Gottes glänzt wie Edelsteine und ihre Straßen sind aus ganz klarem, reinem Gold, das durchscheinend wie Glas ist. Sie braucht kein Licht, weil die strahlende Herrlichkeit Gottes die Sonne und den Mond ersetzt.

Die Form der Stadt ist mit einem Würfel zu vergleichen, der eine Größe von jeweils 12000 Stadien in Länge, Breite und Höhe hat. Unter einem Stadion versteht man ein Längenmaß von ca. 185 Meter. Das sind zusammen etwa 2.220 km jeweils hoch, breit und lang.

Nun möchte ich doch noch kurz die Bibel selbst zitieren:

> „.... Und es wird nicht hineingehen irgendetwas Schlechtes, auch nicht wer sündigt oder lügt, sondern nur die, die geschrieben sind in dem Lebensbuch des Lammes. Und es gibt einen ganz reinen Strom des lebendigen Wassers, klar wie ein Kristall; der geht aus von dem Thron Gottes und des Lammes. Mitten auf ihrer Straße auf beiden Seiten des Stroms stehen Bäume des Lebens, die tragen zwölfmal Früchte und bringen ihre Früchte jeden Monat; die Blätter der Bäume dienen zur Gesundheit. .... Und man wird weder Lampen noch das Licht der Sonne brauchen, denn Gott der HERR wird sie erleuchten, und sie werden regieren von Ewigkeit zu Ewigkeit."

Was es mit dem Lebensbuch des Lammes auf sich hat, besprechen wir später im 2. Teil.

Wie ich feststellen konnte, wollen allerdings Satanisten ebenso gerne in die Hölle, weil sie dort, wie sie sagen, mit ihrem Gott vereint sind.

Logischerweise wollen jedoch die meisten Menschen in den Himmel! Davon träumen sie und gehen auch davon aus, dass sie tatsächlich dorthin kommen werden, egal, wie sie sich auf dieser Erde verhalten. Jeder glaubt, dass er für den Himmel gut genug ist. Doch die wenigsten von ihnen erkundigen sich, was sie tun müssen, um >gut genug< zu sein.

Wissen können sie es alle, dann, wenn sie wollen. Doch genau das ist der Punkt, der auch schon von dem reichen Mann, seine Brüder betreffend, angesprochen wurde – die meisten Menschen wollen nicht nach Gott und der Ewigkeit fragen.

Wer es jedoch will, hat die Möglichkeit mit Gott darüber zu reden. Jeder trifft seine eigene Entscheidung in dieser Angelegenheit. Gott selbst entscheidet das nicht. ER hat Richtlinien aufgestellt, in denen ER vorgibt was man tun muss, um in den Himmel zu kommen. Es liegt an jedem Menschen selbst, ob er sich an diese Richtlinien, die man in der Bibel finden kann, halten will.

Vielleicht denkt jetzt der eine oder andere von euch: >Ich komme auf jeden Fall dort hin, weil ich das so will<.

Doch täusche dich nicht, denke an den reichen Mann – auch der hatte nicht geglaubt, dass er in der Hölle landet.

Einige von euch werden vielleicht sagen: >Ach die Bibel, die hat doch nicht Recht<.

Aber …, bist du dir da ganz sicher?

Was passiert mit deiner Seele, wenn sie doch Recht hat? Wo verbringt dann deine Seele die Ewigkeit?

Wir haben die Möglichkeit das selbst auszuwählen. Entweder wir akzeptieren Gottes Richtlinien, oder wir lassen es. Genau wie bei Himmel und Hölle, sind auch hier nur diese beiden Angebote verfügbar. Dazwischen gibt es absolut nichts, ob wir das glauben oder nicht.

Vielleicht hofft nun jemand, dass man das ja auch noch ganz kurzfristig, unmittelbar nachdem die Seele hier aus dem Körper ausgezogen ist, entscheiden kann.

Nein!

Diese Entscheidung kann dann, wenn man bereits gesehen hat ob es Himmel und Hölle gibt, nicht mehr getroffen werden. Ab diesem Zeitpunkt ist jegliche Reaktion zu spät und eine zweite Chance gibt es auch nicht, weil Gott unseren Glauben an IHN und SEIN Wort, die Bibel, als Grundlage für ein Leben im Himmel voraussetzt.

Solange wir in diesem Haus leben, hat jeder von uns die Chance, <u>freiwillig</u> über unseren Verbleib in der Ewigkeit zu entscheiden. Diese Entscheidung, die wir mit unserem Willen getroffen haben, wird von Gott respektiert und akzeptiert, weil ER uns zu nichts zwingt.

Darum können wir IHN aber auch nicht schuldig sprechen, wenn wir falsch entschieden haben.

Jeder trägt das Ergebnis der Entscheidung, die er für sich selbst getroffen hat – und das zählt dann für alle Ewigkeit.

Für welches Ziel willst du dich entscheiden? Mach dir Gedanken und rede mit Gott im Himmel darüber. Du musst dazu keine Gebete kennen. Rede so mit IHM, wie mit einem Freund. Gott hört dir sehr gut zu, glaub es mir.

Die richtige Entscheidung für den Himmel, beinhaltet die Akzeptanz Gottes und SEINES Wortes der Bibel, sowie die willentliche Entscheidung, dieses Wort aus der Bibel, das von Gott mit viel Liebe an die Menschen gerichtet ist, anzunehmen und im eigenen Leben anzuwenden. Wer mehr darüber erfahren möchte, kann es im weiteren Verlauf des Buches lesen.

Kapitel 12 - **Gott sprach ein machtvolles Wort**

Es ist mir bewusst, dass der erste Teil dieses Kapitels für einige von euch anstrengend sein kann. Darum bemühe ich mich, diese folgenden Bibelstellen mit Beispielen so einfach wie möglich zu erklären.

Jeder von uns weiß, auch wenn er nicht immer daran denkt, dass Licht mit seiner ganzen Helligkeit etwas Schönes, etwas Wärmeausstrahlendes ist.

Bei dem Wort Finsternis dagegen denken wir an Kälte und auch teilweise an Hässliches und Böses. Viele Menschen haben in der Nacht Angst, weil sie dunkel ist. Wer jedoch etwas Schlechtes plant, freut sich über die Dunkelheit, damit er nicht so schnell entdeckt wird. Normalerweise fühlen wir uns jedoch alle am Tag wohler, weil wir dann die Sonne als Licht haben.

Lesen wir noch einmal im ersten Kapitel der Bibel, im ersten Vers, was dort über Licht und Dunkelheit, aber auch über den Ursprung der Schöpfung steht.

„Am Anfang schuf GOTT die Himmel und die Erde ....“

Wann dieser Anfang war, wissen wir nicht. Es ist durchaus möglich, dass er schon viel länger zurückliegt, als der Rest der Schöpfung. Die Erklärung der Bibel lässt diesen Gedanken auf jeden Fall zu.

Sie beschreibt ganz klar einen Unterschied zwischen dem Himmel, in dem Gott wohnt und dem Himmel, den wir als Firmament kennen.

Der erste Vers der Bibel lautet weiter:

> „.... Und die Erde war wüst und leer. Finsternis lag über dem Wasser und der Geist Gottes schwebte über der Wasserfläche."

In manchen Bibelübersetzungen wird für das Wort >schweben< das Wort >brüten< benutzt.

Beide Übersetzungen drücken eine bereits länger bestehende Situation aus. Wenn der Geist Gottes über dieser Wasserfläche schwebte oder gar brütete, dann nicht nur gerade mal so zwischendurch. Wäre das der Fall, müsste es nicht extra erwähnt werden. Das Wasser, die Dunkelheit und das Schweben/Brüten des Geistes Gottes darüber, dauerten mit Sicherheit schon lange an, bevor Gott am ersten Tag der Schöpfung sprach und es wurde Licht. Außerdem heißt es hier, dass Gott am Anfang Himmel und Erde schuf. Dass es sich bei diesem Himmel nicht um das uns bekannte Firmament handelt, weil das erst danach entstand, wissen wir nun bereits. Hier ist von dem Himmel die Rede, in dem Gott zu Hause ist und mit ihm zusammen wurde die Erde erschaffen. Wie schon einmal erwähnt, ist uns nicht bekannt, wann dieser Anfang war, denn Gott selbst hat ja genauso wenig einen Anfang, wie ER ein Ende hat, weil es IHN immer gab und für immer gibt.

Doch wollen wir den letzten Bibelvers ergänzen und weiter betrachten, was ER zum Licht sagt.

> „.... und Gott sprach: >Es werde Licht! < Und es wurde Licht. Und Gott sah, dass das Licht gut war; da trennte Gott das Licht von der Finsternis. Und Gott nannte das Licht Tag, und die Finsternis nannte er Nacht."

Wir lesen hier, dass Gott sprach – und es wurde. Es geschah etwas – und zwar genau das, was Gott sagte. Das was ER aussprach, wurde ausgeführt. Wenn etwas ausgeführt wird, das zuvor gesagt wurde, fragt man sich natürlich:

> >Wer sprach und von wem wurde etwas ausgeführt<?

Der Sprecher ist uns ja bekannt, doch wird nicht erwähnt, wer der Ausführende war. Kann es sein, dass das gesprochene Wort ohne weiteres Zutun tätig wurde? Gott sprach ein Wort und durch dieses Wort wurde etwas geschaffen? Ist das realistisch? Wie kann durch ein einfaches Wort das man ausspricht, etwas geschaffen werden?

Für uns Menschen ist diese Vorstellung nicht wirklich nachvollziehbar, doch für Gott war das kein Problem.

Damit wir das etwas besser verstehen können, hier ein Beispiel aus unserem täglichen Leben.

Wie wir bereits wissen, besteht ja auch der Mensch, wie Gott, aus drei Teilen. Dem Geist, der Seele und dem Leib. Durch das Leben aus unserem Geist, kann all das, was mit der Seele und diesem sichtbaren Körper verbunden ist, aktiv werden. Dazu gehören auch unsere Gedanken. Mit ihnen beginnt jede Arbeit. Immer bevor wir etwas tun, werden unsere Gedanken tätig. Manchmal sprechen wir unsere Gedanken aber auch laut aus. Weil es andere Menschen um uns herum hören sollen, worauf dann entweder diese Menschen oder doch wir selbst den entsprechenden Gedanken ausführen. Alle drei Teile von uns sind demnach in Aktion und arbeiten Hand in Hand. Alles was wir tun, geschieht immer aus dieser Einheit heraus.

Genau so können wir uns das bei Gott vorstellen. Er ist ja auch eine Einheit, die aus drei Teilen besteht. Wenn Gott also etwas spricht oder denkt, dann weiß das jeder, der zu dieser Einheit gehört und so wurde das Wort, das er sprach, durch einen Teil dieser Einheit ausgeführt.

Vergesst dieses Beispiel nicht, wenn wir uns jetzt die nächste Bibelstelle ansehen.

Da diese Bibelstelle auch etwas schwer zu verstehen ist, wurde der Text von mir ebenfalls leicht umformuliert. Es handelt sich dabei um das Johannesevangelium, Kapitel 1, die Verse 1 – 3 und dann auch noch Vers 14.

>Am Anfang war das Wort, das Gott gesprochen und

durch das er alles geschaffen hatte. Dieses Wort war auch Gott. Es war von Anfang an bei Gott, weil es ein Teil der Gottheit war, nämlich Gott der Sohn. Durch ihn ist alles entstanden. Es gibt überhaupt nichts, was nicht durch dieses Wort geschaffen wurde<.

Wie kann nun Gott der Sohn ein Wort sein, das, wenn es von Gott gesprochen wird, etwas tut?

Im Vers 14 können wir lesen, dass Jesus Christus >Gott der Sohn< als: >Das Wort< bezeichnet wird, durch das Alles erschaffen wurde. Jesus Christus ist also Gottes Sohn, einer der drei Teile der Gottheit. Aber wieso ist er das Wort, das Gott gesprochen hat?

Erinnern wir uns wieder an unser Beispiel. Wir Menschen denken oder reden und ein Teil von uns wird daraufhin tätig.

Um diese Bibelstelle noch besser verstehen zu können, denken wir an das Ei.

So wie die Schale das Äußere vom Ei ist, die alles umgibt und aus ihr heraus das Eigelb und das Eiweiß kommen; genau so kamen der Geist und das gesprochene Wort aus dem Vater.

Zu der Zeit hatte das Wort noch keine Gestalt – erst als es Mensch wurde, erhielt dieses Wort als Sohn Gottes eine eigene Gestalt, dazu den Namen: Jesus Christus.

Eine Bestätigung dazu finden wir in der Bibel, in dem Buch der Hebräer, Kapitel 10, Verse 5+7. Ich zitiere aus dem jüdischen Neuen Testament, das es sehr deutlich erklärt:

> „Es ist nicht dein Wille gewesen, Tieropfer und Speiseopfer zu erhalten; du hast mir vielmehr einen Leib bereitet ... Da habe ich gesagt: >Siehe in der Buchrolle ist über mich geschrieben. Ich bin gekommen, deinen Willen zu tun. < "

Unser Geist und unsere Worte die wir reden, sind ebenfalls unsichtbar und ohne Körper. Genau so ist es auch mit Gottes Geist und SEINEM Wort – auch sie haben, bzw. hatten keine Gestalt, aber sie waren einzelne Persönlichkeiten der Gottheit, weil sie Teile von Gott dem Vater waren und auch heute noch sind. Wie das Wort Gottes Mensch wurde, behandeln wir in einem späteren Kapitel.

Kapitel 13 - **Wo kommen die Engel her**

In Anbetracht dieser Erkenntnisse, die wir mittlerweile gewonnen haben, ist es für uns nachvollziehbar, dass GOTT all das, was existiert, durch Jesus Christus geschaffen hat, weil dieser als Gottes gesprochenes Wort aktiv wurde. Gottes machtvolles Wort reichte aus, damit etwas entstehen konnte, weil ER eine unbegrenzte Autorität ist.

Das können wir noch einmal im Neuen Testament, in Kolosser, Kapitel 1, in den Versen 15 – 17 lesen. Dort steht, dass alles, was im Himmel und auf Erden ist, das Sichtbare und das Unsichtbare, durch Jesus Christus geschaffen wurde.

Zusätzlich ist im Alten Testament, in Nehemia, Kapitel 9, Vers 6 das Folgende zu lesen:

> „Du bist der Herr, du allein! Du hast den Himmel gemacht, aller Himmel Himmel samt ihrem ganzen Heer, die Erde und alles was auf ihr ist, die Meere und alles was in ihnen ist. Du erhältst alles am Leben und das Heer des Himmels betet dich an."

Durch beide Bibelverse erhalten wir eine Bestätigung dazu, dass Jesus Christus nicht nur das gemacht hat, was wir sehen, sondern auch das ganze Heer des Himmels, wozu alle für uns unsichtbaren Engel gehören.

Es ist für uns sehr wichtig zu wissen, dass GOTT der Vater, GOTT als der Sohn, der auch das Wort genannt wird, und GOTT als der Heilige Geist immer waren – sonst niemand!!!

Und dass ER, Gott, alles was existiert, durch sein Wort, also Jesus Christus, geschaffen hat.

Kapitel 14 - **Bürgerkrieg im Himmel**

Es war also ein riesengroßes Engelheer erschaffen worden.

Das vergleichen wir nun einmal mit den Armeen von Amerika, Russland, Indien oder China. Jeweils eine mächtige große Armee, aufgeteilt in verschiedene Streitkräfte.

Jede Streitkraft besteht aus mehreren Truppengattungen und diese sind wieder in kleinere Einheiten eingeteilt. Für alle Einheiten gibt es einen Befehlshaber. Mehrere dieser Befehlshaber haben wieder einen übergeordneten Leiter und auch diese unterstehen ranghöheren Vorgesetzten. Man nennt diese Vorgesetzten je nach Dienstgrad: Offizier, Hauptmann oder Leutnant usw.. Das waren einmal die allgemein gängigen Bezeichnungen Über all diesen Leitern gibt es letztendlich einen General, der Zugang zum Präsidenten hat. Dieser oberste Chef hat die Autorität über alle Soldaten des Landes. Er hat normalerweise die Vollmacht des Präsidenten und kann innerhalb seines Bereiches fast alle Entscheidungen treffen, die getroffen werden müssen.

So könnt ihr euch auch das Engelheer im Himmel vorstellen. Es gab, und das gibt es auch heute noch, Truppen mit unterschiedlichen Aufgabenbereichen und ihre Leiter. Der oberste Chef, der Autorität über all diese Engel hat, ist der ranghöchste Engel unter GOTT.

Eine vergleichbare Position hatte einmal der schönste Engel, den GOTT geschaffen hatte. Darüber können wir im AT im Buch Hesekiel, Kapitel 28, Verse 11 – 17 lesen.

An dem Tag, als er geschaffen wurde, erhielt er als Geschenk viele verschiedene, in Gold eingefasste, Edelsteine. Auch seine Kleidung war mit Edelsteinen und Gold verziert. Die Bibel berichtet davon, dass er voller Weisheit und vollendeter Schönheit war. Er wohnte als von Gott gesalbter Cherubim (hochrangiger Engel, direkt unter Gott: Jesaja, Kap. 37, Vers 16) im Garten Eden und hatte jederzeit Zutritt zu Gott und SEINEM heiligen Berg. Von dem Moment an, als er geschaffen wurde, war sein Verhalten sehr gut, ja sogar ohne Tadel, wie die Bibel schreibt, bis zu dem Tag als in ihm Sünde gefunden wurde. Seine Schönheit und sein Reichtum waren ihm zum Verhängnis geworden, weil er sich zu viel darauf einbildete. Er quoll fast über vor lauter Stolz, was vor Gott auch heute noch eine der schlimmsten Sünden ist. Seine Überheblichkeit war unbeschreiblich und das kostete ihn alle erhaltene Weisheit.

Damit soll nun nicht gesagt werden, dass er dumm wurde, nein, es ist dabei von der Erkenntnis der himmlischen Zusammenhänge die Rede. Seine Intelligenz blieb ihm erhalten und auch alles erlernte Wissen. Er ist unserem menschlichen Wissen und unserem menschlichen Denkschema haushoch überlegen und dazu kommen noch seine Hinterlist und Raffinesse.

Sein Name war Luzifer, was Lichtbringer bedeutet. Später erhielt er den Namen Satan oder die Bezeichnung Teufel. Auch heute noch kann er sich in einen Engel des Lichts verstellen. In 2. Korinther 11, Vers 14 ist zu lesen:

„.... Auch der Satan tarnt sich ja als Engel des Lichts."

Luzifer war irgendwann mit seiner Stellung überhaupt nicht mehr zufrieden – er wollte den Platz, der nur GOTT zustand. Ja, wenn es ihm gelingen sollte, wollte er noch höher sein als Gott selbst. Da ihm das nicht möglich war, wuchs Neid in ihm. Dadurch ging ihm nach und nach seine Schönheit verloren, so dass sein Aussehen mitsamt seinem ganzen Wesen immer hässlicher und er auch grausamer wurde.

Aus Neid entsteht meistens Hass und Hass macht eben hässlich, was nicht immer nur das Äußere betrifft. Manche Hässlichkeit kommt auch aus dem Herzen.

Aus seinem Neid heraus zettelte er noch einen Bürgerkrieg im Himmel an. Auf heimtückische und hinterhältige Art suchte er nach anderen Engeln, die ihn unterstützen würden. Vermutlich stand unter seinem Befehl auch eine größere Truppe von Engeln, so dass er aus ihrer Mitte heraus mit einer Rekrutierung (Anwerbung) begann. Sein Ziel war es, den Präsidenten (also GOTT) zu entmachten, um dessen Platz einnehmen zu können.

Stolz – Hochmut – Machstreben – Hinterhältigkeit – Frechheit –

Dreistigkeit – Bösartigkeit – wurden und sind noch immer sein Wesen. Die Bibel nennt ihn auch den Vater der Lüge.

Er schaffte es, etwa ein Drittel aller Engel auf seine Seite zu ziehen und mit ihnen einen Aufstand gegen GOTT und die restlichen Engel zu starten. Der Aufstand wurde niedergeschlagen und GOTT wies Luzifer, sowie all den Engeln, die mit ihm gekämpft hatten und dadurch von GOTT abgefallen sind, den Luftraum außerhalb des Himmels als Aufenthaltsort zu. Obwohl sie zurzeit noch immer Zutritt zum Himmel haben, dürfen sie allerdings nicht mehr dort wohnen.

Epheser, Kapitel 6, ab Vers 12 bezeichnet Luzifer und sein Gefolge als:

Dämonische Mächte, Gewalten, Fürstentümer, Herren der Welt die in der Finsternis dieser Welt herrschen, bösartige Geistwesen in der unsichtbaren Welt. (die Begriffe wurden aus verschiedenen Bibelübersetzungen gesammelt).

Aus Luzifer wurde Satan oder der Teufel und seine Anhänger nennt man Dämonen, bzw. böse Geister. Die Bösartigkeit ihres Anführers prägte auch diese Mächte, so dass es um sie herum zunehmend dunkler wurde. Sie lebten nicht mehr im Licht der Herrlichkeit bei GOTT, sondern in der Zerrissenheit und hässlichen Dunkelheit des Bösen, das auch ihr Aussehen immer hässlicher werden ließ. Satan lässt sich nun als ihr Gott anbeten und versucht all das zu kopieren, bzw. nach zu machen oder umgedreht darzustellen, was der GOTT des Himmels geschaffen und geplant hat. Dazu gehört auch die hierarchische Gliederung seiner Mitstreiter, die nun ebenso in Rangordnungen organisiert sind und über entsprechende Namen verfügen, wie die Engel durch Gott. Der gesamte Luftraum ist noch immer sein Machtbereich und alles was unter seiner Herrschaft ist, nennt man das Reich der Finsternis. Im Gegensatz dazu nennt man alles, was unter der Herrschaft GOTTES ist, das Reich des Lichts.

Ab diesem Bürgerkrieg gab es im ganzen Universum nicht mehr nur den einen Machtbereich Gottes, sondern auch noch, wie eben bereits erwähnt, den Machtbereich der Finsternis in dem Satan herrscht. Dies alles fand in dem für uns unsichtbaren Luftraum statt. In Epheser, Kapitel 2, Vers 2 können wir lesen:

> „.... die Welt, beherrscht von Satan, der im Machtbereich der Luft regiert. ...."

In diesem Zusammenhang möchte ich noch eine weitere Bibelstelle erwähnen, die wir uns sehr genau ansehen und auch merken sollten.

In Matthäus, Kapitel 25, Vers 41 ist zu lesen, dass die Hölle eigentlich nicht für die Menschen, sondern für den Teufel und seine Dämonen geschaffen wurde, denn auch sie brauchten für die unendliche Ewigkeit einen Aufenthaltsort. Doch da sich viele Menschen gegen Gott entschieden und noch immer entscheiden, musste auch für sie ein Aufenthaltsort da sein und warum sollten sie dann nicht die Ewigkeit mit dem von ihnen gewählten Herrn verbringen dürfen?

Besuchen können Satan und sein Heer die Hölle schon jetzt, allerdings *müssen* sie sich dort *noch nicht* aufhalten. So hat der Teufel auch, wie bereits erwähnt, trotz entzogenem Wohnrecht, immer noch Zutritt zum Himmel. Er nutzt diese Möglichkeit um alle die zu verklagen, die sich Christen nennen und sich nicht entsprechend verhalten.

Warum nun manche Menschen nach ihrem Tod ebenfalls in der Hölle landen, hängt von deren Entscheidung ab, die sie zu ihrer Zeit in diesem Haus treffen. Entscheiden sie sich für den Gott des Himmels, werden sie auch für immer bei IHM wohnen. Wollen sie jedoch von diesem Gott nichts wissen, dann treffen sie damit automatisch auch eine Entscheidung. Es bleibt dann nämlich nur noch eine Möglichkeit. Logischerweise hat jeder, der sich auf diese Weise oder ganz bewusst für den Teufel entscheidet, dann auch die Ewigkeit mit ihm in der Hölle gewählt, es sei denn, sie treffen vor ihrem Tod noch eine andere Wahl. Allerdings weiß niemand, wie plötzlich sein Tod eintritt, was dann vielleicht noch eine Änderung der Wahl verhindert. Dies sollten alle Menschen für sich selbst bedenken.

Wer aus diesem Teufelskreis ausbrechen und ein Leben unter Gottes Autorität wählen möchte, sollte dieses Buch weiter lesen.

Kapitel 15 - **Eine neue Tür wird geöffnet**

Der erwähnte Kampf im Himmel hat für den Geist und die Seele der Menschheit eine sehr große Bedeutung erhalten. Auch wenn es uns nicht bewusst ist, werden wir seit diesem Geschehen ständig mit beiden unsichtbaren Machtbereichen konfrontiert.

Eigentlich war das von Gott so nicht gewollt, doch in seiner All- wissenheit war IHM klar, dass der Mensch irgendwann durch Ungehorsam eine schlechte, eine falsche Entscheidung treffen würde, die dann negative Folgen hätte. Dies konnte darum ge- schehen, weil wir alle von Gott mit einem freien Willen ausge- stattet wurden, mit dem wir eigenständig entscheiden können. Wir sind nicht von Gott vorprogrammiert, um SEINEN Willen zu tun. Und genau darum akzeptiert Gott das, was wir für uns ent- scheiden.

Von Anfang an lebte der Mensch unter dem Machtbereich des Lichtes und hatte ständig Gemeinschaft mit Gott. Doch durch die erste, falsche Entscheidung (durch Ungehorsam) öffnete dieser Mensch eine Tür, durch die er und alle seine Nachkommen, so- mit auch wir, einen Zugang zum Machtbereich der Dunkelheit erhielten, bzw. die Dunkelheit zu uns.

Wie bereits erwähnt, können wir das mit unseren Augen nicht sehen. Es kann aber von unserem Geist und unserer Seele wahrgenommen werden. Doch das realisieren wir oft überhaupt nicht.

Um zu erfahren, welche falsche Entscheidung der erste Mensch getroffen hatte, müssen wir uns die Beschreibung zum Garten Eden ansehen. Diese finden wir in 1. Mose, Kapitel 2, die Verse 8 – 18 (diese folgende Bibelstelle wurde der Bibelübersetzung: >Neue Evangelistische< entnommen):

„Nun hatte Jahwe, Gott, im Osten, in Eden, einen Garten angelegt. Dorthin versetzte er den von ihm gebildeten Menschen. Aus dem Erdboden hatte er verschiedenartige Bäume wachsen lassen. Sie sahen prachtvoll aus und trugen wohlschmeckende Früchte. Mitten im Garten stand der Baum des Lebens und der Baum, der Gut und Böse erkennen ließ. In Eden entsprang auch ein Strom, der den Garten bewässerte und sich dann in vier Arme teilte. Der erste davon heißt Pischon (lt. Luthers letzter Handschrift von 1545 handelt es sich dabei um den Ganges in Indien). Er umfließt das ganze Land Hawila (ist laut Luther: Indien), wo das Gold vorkommt, - das Gold dieses Landes ist besonders rein - das Bedolach-Harz und der Schoham-Stein. Der zweite Strom heißt Gihon (ist laut Luther der Nil im heutigen Ägypten). Er umfließt das Land Kusch (laut Luther Ägypten). Der dritte Strom heißt Tigris. Er fließt östlich von Assyrien. Der vierte Strom ist der Euphrat. (Tigris und Euphrat sind uns im heutigen Irak ebenfalls noch bekannt).

Jahwe, Gott, brachte also den Menschen in den Garten Eden, damit er diesen bearbeite und schütze, und wies ihn an: "Von allen Bäumen im Garten darfst du nach Belieben essen, nur nicht von dem Baum, der dich Gut und Böse erkennen lässt. Sobald du davon isst, musst du sterben."

Gott wusste genau, dass irgendwann einmal ein Punkt kommen würde, an dem sich der Mensch ganz bewusst für Gehorsam oder Ungehorsam seinem Schöpfer gegenüber zu entscheiden habe. Wann dieser Zeitpunkt erreicht wäre, überließ Gott dem Willen des Menschen, denn niemand sollte gezwungen sein, IHM gehorchen zu müssen. Es sollte sich um eine ganz freie Entscheidung handeln. Diese Entscheidungsgewalt wurde in dem Moment aktiviert, als der Teufel seinen Einfluss auf die Menschheit geltend machte. Ab diesem Zeitpunkt musste der Mensch eine Wahl treffen: >bin ich gehorsam oder nicht<.

Als Vergleich nehmen wir ein Kind, das seinen Eltern gegenüber ebenfalls gehorsam sein soll – genau so sollte das Verhältnis zwischen Gott und dem Menschen sein.

Eltern bringen ihre Erfahrungen mit ein, wenn sie ihre Kinder erziehen und genau so hätte auch der Mensch von dem Wissen Gottes profitieren können – dann, wenn sich sein Wille für Gehorsam entschieden hätte. Aber genau wie ein Kind mit dem vorhandenen Willen gegen seine Eltern rebellieren oder doch gehorsam sein kann, genau so musste bereits der Mensch im Garten Eden seinen Willen für eine Entscheidung gebrauchen. Einen Unterschied gab es jedoch – ein winzig kleines Baby muss zuerst lernen, bis es weiß was es tut, im Paradies war der Mensch bereits erwachsen und besaß ein besseres Verständnis für das was er durfte oder nicht.

In unserer Zeit geht es vor Gott allerdings noch genauso wie bei einem Kind zu seinen Eltern, nämlich, um den Gehorsam oder die Ablehnung zu dem was gesagt wird.

Doch zu jeder Zeit, damals wie heute, besaß und besitzt der Mensch eine freie Wahl.

Genau, wie ein Kind durch die Erziehung lernen muss, soll auch der Mensch lernen und seinen Willen trainieren.

Der angesprochene Bibeltext geht weiter:

> Dann sagte Jahwe, Gott: "Es ist nicht gut, dass der Mensch so allein ist. Ich will ihm eine Hilfe machen, die ihm genau entspricht."

Danach noch die Verse 21 - 23:

> „… Da ließ Gott, der Herr, Adam in einen tiefen Schlaf versinken. Er nahm ihm eine seiner Rippen und schloss die Stelle wieder mit Fleisch. Dann formte Gott, der Herr,

eine Frau aus seiner Rippe, die er Adam entnommen hatte und brachte diese Frau zu ihm. >Endlich<, rief Adam aus. >Sie ist ein Teil von meinem Fleisch und Blut! Sie soll Männin heißen, denn sie wurde vom Mann genommen<."

Später erhielt diese Frau den Namen: Eva.

Die beiden lebten nun zusammen im Garten Eden und Adam hatte Eva sicherlich über alles aufgeklärt, was er bis zu diesem Zeitpunkt erlebt hatte; denn wie wir im nächsten Kapitel sehen werden, wusste Eva genau, dass sie und Adam von allen Früchten im Garten essen durften, nur nicht von der Frucht des Baumes der Weisheit und Erkenntnis, der in der Mitte des Gartens stand.

Immer wieder hört man, dass Menschen bei dieser Frucht von einem Apfel reden, doch das kann durchaus falsch sein. Nirgendwo ist in der Bibel zu lesen, um welche Frucht es sich an diesem Baum handelte.

Wie in dem Kapitel über den >Bürgerkrieg im Himmel< schon angesprochen wurde, kannte sich der Teufel im Garten Eden sehr gut aus, denn er hatte ja bereits als Cherubim im Garten gelebt, bevor sein Aufenthaltsort aus dem Himmel raus in den Luftraum verlegt wurde. Trotzdem konnte er nicht nur den Himmel, sondern auch alle anderen Plätze des Universums, noch immer aufsuchen.

Mit einem Herzen voller Neid, Wut und Hass gegen Gott, war es der größte Wunsch des Teufels, diesen Schöpfer aller Dinge zu verletzen und IHM Böses zuzufügen.

Gott liebte das Wesen Mensch, das von IHM ja geschaffen wurde und dem ER von seinem Geist gegeben hatte, so sehr, dass ER oft mit ihm kommunizierte (redete) und darum täglich den Garten Eden besuchte. Diese regelmäßige Gemeinschaft war IHM sehr wichtig.

Und genau darum, weil der Teufel sah, dass Gott gerne mit seinen Geschöpfen zusammen war, wollte er die Verbindung zwischen beiden Parteien trennen. Satan wusste mit Gewissheit, dass er damit das Herz Gottes treffen und IHN sehr verwunden würde, eben, weil dessen Liebe zu Adam und Eva so groß war.

Kapitel 16 - **Was geschah im Garten Eden**

Dass der Teufel ein sehr hinterhältiges, bösartiges Wesen geworden war, ist uns ja bereits bekannt. So hinterhältig kam er auch in der Form einer Schlange zu Eva. Die war sich natürlich nicht darüber im Klaren, mit wem sie da wirklich sprach. Der Teufel kommt immer verdeckt und nicht offen, sonst wäre man ja von Anfang an gewarnt und wüsste, dass Vorsicht geboten ist. Darum konnte Eva auch nicht erkennen, dass sie in dem Moment auf eine Gehorsamsprobe gestellt wurde.

Da es zu der Zeit noch keine Bösartigkeiten auf der Erde, also auch nicht zwischen Menschen und Tieren gab, sah es Eva sicherlich auch nicht als außergewöhnlich an, sich mit einer Schlange zu unterhalten. Ich kann mir durchaus vorstellen, dass eine gewisse Art der Kommunikation zwischen ihnen möglich war, weil noch die Vollkommenheit durch Gott auf der Erde herrschte. Darauf, dass es sich um den Teufel, also einen gefallenen Engel handelte, der in Form dieser erwähnten Schlange zu ihr sprach, war sie nicht vorbereitet. Es konnte ihr auch nicht bewusst sein, denn sie hatte ja bis zu dem Zeitpunkt noch nichts Böses erlebt.

In der Bibel ist zu lesen, dass die Schlange das hinterlistigste Tier war, das Gott geschaffen hatte. Genau darum entschied sich der Teufel vermutlich dafür, in dieser Form zu erscheinen – auch er war ja hinterlistig. Als er sich an Eva wandte, fragte er auch nicht sofort nach dem, was er wirklich wissen wollte. Eigentlich wusste er ja die Wahrheit, aber das wäre einfach zu auffällig gewesen, er fing die Sache ganz schön fies an, indem er fragte:

> „Sag mal Eva, hat Gott wirklich gesagt, dass ihr *keine* Früchte von den Bäumen des Gartens essen dürft?
>
> Aber natürlich dürfen wir von den Früchten essen", antwortete Eva darum auch arglos. „Nur das Essen der Früchte von dem Baum ganz in der Mitte des Gartens ist uns verboten. Gott sagte: Esst die Früchte nicht, ja berührt sie nicht einmal, sonst werdet ihr sterben."

Ups! Fällt euch da etwas auf? Hatte Gott wirklich gesagt, dass diese Früchte nicht einmal berührt werden dürfen? Nein! Das hatte ER nicht gesagt. Daran können wir sehen, dass Eva von Adam über alles, was vor ihrem Erscheinen geschah, unterrichtet wurde. Entweder wollte Adam sicher gehen, dass Eva von dem Baum wirklich fern blieb und betonte darum noch zusätzlich, dass der Baum nicht einmal berührt werden dürfe, oder was ich eher glaube, Eva wollte der Schlange verdeutlichen, wie wichtig es war, dieses Verbot einzuhalten. Sie war sich demnach der Dringlichkeit dieses Verbotes sehr bewusst. Aber all das interessierte den Teufel überhaupt nicht, er wollte ja ein bestimmtes Ziel erreichen und musste darum >Evas Willen zum Gehorsam< zerstören. Das Erste, was er darum tat – er säte

Zweifel in ihr Herz, bzw. in ihre Seele. Die Aussage Gottes: >Esst die Früchte nicht, sonst werdet ihr sterben<, sollte Konkurrenz bekommen. Darum mussten Evas Gedanken eine zusätzliche Information erhalten.

> „Ihr werdet nicht sterben!" zischte die Schlange auch sofort. „Gott weiß, dass eure Augen geöffnet werden, sobald ihr davon esst. Ihr werdet sein wie Gott und das Gute vom Bösen unterscheiden können." (können wir heute auch noch, wenn wir wollen)

Ich kann mir vorstellen, dass Satan mit einem bösartigen, hinterhältigen Lauern darauf wartete, wie sich Eva nun verhalten würde, denn mit seiner Frage zielte er ja eigentlich genau auf den Punkt ihres Ungehorsams gegen Gott. Sobald nämlich diese Situation eintreten würde, galt das als Sünde und dadurch würde die Gemeinschaft zwischen den Menschen und Gott zerstört werden. Der Teufel hatte ja Erfahrung damit, wie tief man fallen kann, wenn, wie in seinem Fall, das Bestreben besteht, so wie Gott sein zu wollen. Stolz ist auch in unserer Zeit noch immer eine sehr gravierende Sünde. Genau das wünschte er sich für Adam und Eva, weil er die Menschen, die von Gott so sehr geliebt wurden, über alle Maßen hasst. Und genau darum will er ihnen auch heute noch Schaden zufügen.

Eva begab sich zu dem Baum und schaute die Früchte nun genauer an. Eigentlich sahen sie schön und auch verlockend aus. Sicherlich schmeckten sie auch so gut, wie sie aussahen. Der Geist in ihr mahnte sie ganz bestimmt. Er signalisierte ihr die Hand nicht auszustrecken, weil sie gerade im Begriff sei, etwas Verbotenes zu tun, was nicht gut sei.

Wer war stärker, auf wen hörte sie? Auf das Reden des Geistes Gottes oder die Verlockungen des Teufels? Mit ihrem Willen musste sie nun eine Entscheidung treffen. Würde sie gehorsam bleiben oder sündigen?

Satan sah den Kampf in Eva und freute sich darüber, denn er war sich bereits sicher, sein gestecktes Ziel zu erreichen. Evas Kampf ließ den Teufel insgeheim schon jubilieren. Ihre Hand war bereits ausgestreckt und kam dem Obst immer näher. Sie griff zu, pflückte sich eine Frucht, sah sie noch einmal prüfend an und biss rein.

>Jjjaaaaa, triumphierte der Teufel, g e s c h a f f t !

Die Erde mit allem was dazu gehört, ist jetzt mein – auch Tiere und Menschen<.

Durch die begangene Sünde hatten Adam und Eva gerade ihre Herrschaft über die Erde, die ihnen von Gott übertragen wurde, an den Teufel abgegeben. Ab sofort war er der Beherrscher der Erde (genau darum erleben wir in unserer heutigen Zeit all das weltweite Chaos).

Satans Freude war nicht mehr zu überbieten, als er sah, dass Eva auch Adam eine Frucht anbot, dass der nach kurzem Zögern ebenfalls zugriff und aß. Er hätte auch >NEIN< sagen können, doch das tat er nicht – auch er aß die Frucht. Und ..., so wie es aussah, hatte der Teufel sogar Recht! Sofort, als Adam und Eva gegessen hatten, veränderte sich ihr Bewusstsein und sie erkannten, dass sie nackt waren. Auch die Erkenntnis darüber, wie diese Nacktheit zugedeckt werden konnte, war plötzlich vorhanden. Mit Feigenblättern hatte man schnell Kleider geflochten und umgebunden. Selbst gestorben waren die beiden Menschen nicht, obwohl es doch von Gott so angedroht war.

Wer hatte nun letztendlich wirklich Recht? Offensichtlich der Teufel! Oder etwa doch nicht .....?

Und der große, allmächtige Gott, war in seinem Geist sicherlich sehr verletzt und betrübt, denn ab jetzt musste er auf die innige Gemeinschaft mit dem Menschen verzichten.

Warum war das so?

Weil Gott die Sünde so sehr hasst, dass es IHM nicht möglich ist, sie in seiner Umgebung zu dulden. Er kann der Sünde begegnen, aber keine innige Gemeinschaft mit ihr haben. Der Teufel wusste das sehr wohl, darum setzte er alles daran, diesen Zielpunkt zu erreichen, was ihm offensichtlich auch gelungen ist. Und da Gott dem Menschen von Anfang an einen eigenen Willen in die Seele pflanzte, zählte auch in dem Fall das, was dieser

Mensch entschieden hatte. Der Wille des Geschöpfes von Gott hatte zu dem Ungehorsam, der Sünde ist, >Ja< gesagt und dadurch war er verunreinigt.

Ab diesem Zeitpunkt regierte die Sünde auf dieser Erde. Alles das, was vorher eine harmonische Einheit war, wurde durch Evas und dann auch Adams Ungehorsam zerstört. Für die gesamte Menschheit öffnete sich damit eine Tür zu dem Machtbereich der Dunkelheit. Von diesem Moment an konnten Geist und Seele des Menschen vom Teufel und seinen Dämonen ständig beeinflusst werden. Und das tut er mit seinen Anhängern auch heute noch auf die gleiche hinterlistige Art und Weise wie es die Schlange im Garten Eden getan hat. Es spielt sich alles im unsichtbaren Bereich ab, so dass wir es oft überhaupt nicht bemerken. Wir alle haben seit diesem Zeitpunkt nicht nur die Möglichkeit zwischen Gut und Böse zu unterscheiden, sondern wir sind auch der Beeinflussung des Teufels ausgesetzt.

Wer genau darauf achtet, kann manchmal erkennen, dass wir von außen gelenkt werden. Das beginnt mit schlechten Gedanken über andere Menschen und bei Streit kann uns plötzlich bewusst werden, dass wir das, was wir da gerade tun, doch selbst überhaupt nicht wollen. Der Teufel manipuliert unsere Gedanken und wenn wir nicht lernen darauf zu achten, dann beeinflusst und kontrolliert er auch das, was wir tun.

Kapitel 17 - **Der tote Geist des Menschen**

Nachdem Adam und Eva die Erkenntnis über Gut und Böse erhalten hatten, wusste Gott sofort, was geschehen war. Seit der Schaffung des Menschen, als ER seinen Geist in Adams Nase blies, war eine Verbindung zwischen Gottes Geist und dem Geist des Menschen vorhanden.

In dem Moment, als Adam und Eva von der Frucht aßen, wurde diese Verbindung unterbrochen und sofort durchtrennt.

Was fühlte Gott wohl in dem Moment?

Der Mensch starb einen geistlichen Tod. Seine Beziehung zu Gott war weg und zwar so, als ob eine Telefonleitung zerstört ist. Es kam auf der anderen Seite nichts mehr an. Der Mensch besaß zwar noch sein Telefon (in dem Fall seinen Geist), doch das war für die Beziehung zu Gott nicht mehr tauglich.

Ab diesem Zeitpunkt regierte die Seele in dem Haus. Zuvor wurde der Mensch von Gottes Geist über seinen eigenen Geist gelenkt und geführt. Doch nun stand der Geist Gottes nicht mehr als Mahner oder Berater zur Verfügung. Das in unserer Seele eingebaute Gewissen wurde mit dem Erhalt von Weisheit und Erkenntnis aufgeweckt und übernahm diese Aufgabe, was bis heute so geblieben ist.

Darum können wir in der Bibel lesen, dass die Menschen, die nie von Gott gehört und darum auch keine Erkenntnis über IHN haben, nach ihrem Gewissen gerichtet werden. Da kommt ebenfalls diese Entscheidung für Gut oder Böse ins Spiel, weil das Gewissen dem Menschen sehr klar diese beiden Gegensätze signalisiert. Da jeder Mensch ein eigenes Gewissen hat, kann sich auch jeder Mensch mit seinem Willen für Gut oder Böse entscheiden. Welche Entscheidung treffen wir für uns?

Gott hatte also seine Androhung, dass der Mensch stirbt, sobald er von der Frucht des Baumes der Weisheit und Erkenntnis isst, nicht einfach nur so ausgesprochen. Was ER sagte, stimmte wirklich. Allerdings nicht so wie der Teufel oder Adam und Eva sich das dachten. Nein, Gott hatte diesen geistlichen Tod gemeint, der nach dem Ungehorsam der beiden dann ebenso schnell eintrat, wie ihre Erkenntnis über Gut und Böse.

Die Seele des Menschen erhielt und erhält weiterhin ihr Leben aus dem Geist der noch immer in jedem Menschen vorhanden ist. Dieser Zustrom bleibt ja für alle Ewigkeit bestehen. Sein Dienst im menschlichen Körper wurde dadurch nicht eingestellt. Er versorgt also die Seele weiterhin mit Leben. Wir können unseren Willen und Verstand weiterhin gebrauchen, unsere Gefühle verspüren und unsere Organe funktionieren bis heut im Normalfall ohne Einschränkungen.

Es handelt sich bei diesem, von Gott angedrohten Tod, um die Verbindung unseres Geistes zu Gottes Geist, die durchtrennt wurde und nun abgestorben ist.

Normalerweise hätten Adam und Eva für immer hier auf dieser Erde leben können. Ihr Körper, dieses Haus, strotzte vor Gesundheit, weil es von Gott mit einer grenzenlosen Vollkommenheit erschaffen wurde. Krankheit gab es in Gottes Nähe nicht. Außerdem befand sich im Garten Eden ja auch noch der Baum des Lebens, der zu einem immerwährenden Leben auf dieser Erde beigetragen hätte. Aber der Mensch hatte mit seinem Willen anders entschieden.

Selbst nach dem geistlichen Tod, war der von Gott geschaffene Körper immer noch so perfekt, dass Adam über 900 Jahre alt wurde, bevor er dieses Haus verlassen musste.

Und ..., wie uns bereits bekannt ist, wird dieser Geist mit unserer Seele ja für immer aktiv bleiben. Auch dann, wenn er nicht mehr in diesem Haus lebt.

Kapitel 18 - **Gottes Reaktion auf die Sünde**

Wie reagierte Gott auf den Ungehorsam von Adam und Eva?

Kam ER etwa mit erhobenem Zeigefinger angerannt und schimpfte mit ihnen?

Nein! Gott hatte Zeit. ER besuchte die Menschen genau wie immer, nämlich gegen Abend. Was ER dann mit ihnen redete, können wir im 1. Buch Mose, Kapitel 3, ab Vers 8 lesen.

>Als es am Abend kühl wurde, hörten sie Gott, den Herrn, im Garten umhergehen. Da versteckten sie sich zwischen den Bäumen. Gott, der Herr, rief nach Adam:

„Wo bist du?" Dieser antwortete: „Als ich deine Schritte im Garten hörte, habe ich mich versteckt. Ich hatte Angst, weil ich nackt bin."

„Wer hat dir gesagt, dass du nackt bist?", fragte Gott, der Herr. „Hast du etwa von den verbotenen Früchten gegessen?"

„Die Frau", antwortete Adam, „die du mir zur Seite gestellt hast, gab mir die Frucht und deshalb habe ich davon gegessen."

Da fragte Gott, der Herr, die Frau:

„Was hast du getan?"

„Die Schlange verleitete mich dazu", antwortete sie. „Deshalb aß ich von der Frucht."

Da sprach Gott, der Herr, zu der Schlange:

„Weil du das getan hast, sollst du unter allen zahmen und wilden Tieren verflucht sein. Dein Leben lang sollst du auf dem Bauch kriechen und Staub fressen."

All denen, die jetzt einwenden werden, dass sich eine Schlange nicht von Staub ernährt, denen sei gesagt, dass hier auch nicht von der Ernährung der Schlange die Rede ist, sondern davon, dass sie Staub aufnimmt. In der Bibelübersetzung >Hoffnung für alle<, steht an dieser Stelle nicht die Bezeichnung >Staub fressen<, sondern >Staub schlucken<. Bedenkt man, dass die Schlange von nun an auf dem Bauche kriechen sollte, so kann man davon ausgehen, dass sie zuvor ein drachen- oder echsen-ähnliches Aussehen hatte. Auf jeden Fall gehörten Beine zu ihrem Körper.

Dazu finden wir in einem Artikel bei Wikipedia unter dem Stichwort: >Echsen< folgende Beschreibung:

>Aus dem Blickwinkel der Kladistik (Ast, Verästelung) handelt es sich bei den Echsen im Sinne der klassischen Systematik um eine paraphyletische ((An)Ordnung/Rang/ Einheit) Gruppe: Die Gegenüberstellung von Schlangen und Echsen ist nicht haltbar, da Schlangen offenbar en-

ger mit einer bestimmten Echsen-Gruppe, nämlich den Waranen, verwandt sind, als die Warane mit anderen Echsen-Gruppen. Daraus folgt wiederum, dass Schlangen vermutlich aus waranartigen Echsen hervorgingen und somit eigentlich selbst „Echsen" sind. <

Da in einigen Bibelstellen der Teufel nicht nur mit einer Schlange, sondern auch mit einem Drachen verglichen wird, tippe ich auf dieses Aussehen.

In der Biologie wurde festgestellt, dass es Schlangenarten gibt (z. B. Pythons), bei denen noch verkrüppelte, bzw. zurückgebildete Beine vorhanden sind. Selbst das genetische Material für alle Gliedmaße sei noch vorhanden, kann man lesen.

Die Professoren Cheryll Tickle (Biologie) und Marty Cohn (Zoologie), hatten Tests an Embryonen von Pythons vorgenommen, indem sie Mittel zur Wachstumsförderung mit deren Genen in Verbindung brachten. Das Ergebnis war, dass bei einem Drittel dieser Embryonen innerhalb von 24 Stunden der Wachstumsprozess dieser Gliedmaße ausgelöst wurde. Man kann es demnach sogar noch heute belegen, dass die Urschlange nicht auf dem Boden kroch, sondern Beine hatte.

Wenn sich nun die Schlange nach dieser Verfluchung durch Gott, statt auf ihren Beinen auf dem Boden schlängelnd fortbewegt, ist es durchaus möglich, dass sie beim Züngeln oder beim Atmen auch Staub mit aufnimmt. Das wäre dann eine automatische Reaktion auf die veränderte Körperstellung, weil sich dadurch ihr Kopf und somit auch die Zunge direkt über der Erde befinden. Gottes Aussage war, dass die Schlange ihr ganzes Leben lang auf dem Bauche kriechen würde, was ja auch der Fall ist. Das Ergebnis davon, da sie direkt über die Erde kriecht, ist das Einatmen und Schlucken von Staub. Man könnte die angesprochene Bibelstelle auch mit einem Wort ergänzen was dann genau den Sinn ergäbe, der hier gerade beschrieben wurde, nämlich:

> >Dein Leben lang sollst du auf dem Bauch kriechen und **dadurch** Staub fressen<.

Wie wir gelesen haben, hatte sich der Teufel in Form einer Schlange an Eva gewandt. Warum wird dann die Schlange von Gott bestraft und nicht der Teufel selbst?

Wenn, wie bereits erwähnt wurde, die Schlange das listigste Tier war, das Gott erschaffen hatte, dann gehe ich davon aus, dass sie nicht dumm war. In der Elberfelder-, sowie der Schlachter Bibelübersetzung kann man in 1. Mose Kapitel 1, Vers 30 lesen, dass auch die Tiere eine von Gott gegebene Seele haben:

> „Und Gott sprach ... und allem Getier der Erde und allen Vögeln des Himmels und allem, was sich auf der Erde regt, *in welchem eine lebendige Seele ist, ...*"

Wir haben bereits gelernt, dass in der lebendigen Seele des Menschen unter anderem sein Verstand, seine Intelligenz und sein Wille verankert sind. Auch bei den Tieren, die ja ebenfalls eine Seele besitzen, kann demnach ein begrenztes Wissen vorhanden sein, das manchmal auch antrainiert ist. Statt einem Verstand, sowie der Intelligenz, besitzen sie einen Instinkt. Wer Tiere beobachtet, der kann dabei feststellen, dass sie in der Lage sind auf diesen Instinkt zu reagieren und mit dem, bei ihnen vorhandenen, geringfügigen Willen gewisse Entscheidungen zu treffen, was uns signalisiert, dass sie diesen Willen auch gebrauchen.

Ich persönlich glaube, dass die Schlange durch ihre Listigkeit ebenfalls in der Lage war, eine gewisse, willentliche Entscheidung treffen zu können. Sie war damit einverstanden vom Teufel dazu gebraucht zu werden, an seiner Stelle mit Eva zu reden. Das ist der Grund, warum ich glaube, dass die Schlange von Gott verflucht wurde. Der Teufel selbst war ja als ein Engelwesen geschaffen worden und hatte darum keine, für uns sichtbare, Gestalt. Allerdings konnte er sich in einer anderen Gestalt, in dem Fall in einer Schlange, sichtbar machen.

Da es zu der Zeit keine Menschen gab, die er dazu hätte gebrauchen können weil sie noch nicht unter seinem Einfluss standen, war es ihm nur möglich auf ein Tier zurückzugreifen.

Der Mensch selbst stand vor seiner Sünde noch vollständig unter der Autorität Gottes, darum hatte Satan keinen direkten Zugang zu dessen Gedanken – das war erst nach dem Sündenfall möglich. Aus diesem Grund musste er auf ein Tier zurückgreifen, um mit Eva kommunizieren zu können.

Im Garten Eden herrschten zuvor eine unbeschreibliche Vollkommenheit und ein gutes Miteinander. Erst durch die Sünde entstanden vermutlich eine Spaltung zwischen manchen Lebewesen und eine Entfremdung von Gott.

Alle Seelen auf der Erde entwickelten, bedingt durch Satans Einfluss, mehr und mehr negative Charakterzüge, wie etwa Eifersucht, Neid, Streit, Zorn, Hass und Aggressivität. Diese Eigenschaften besitzen alle Lebewesen. Durch das diesbezügliche Training, das bereits viele Jahre andauert, hat sich dieses Verhalten noch ausgeprägter manifestiert, was wir in unserer heutigen Zeit in einem nie gekannten Ausmaß erleben können. Durch Unkenntnis fragen immer wieder Menschen, warum Gott D I E S oder J E N E S zulässt – das ist sehr sonderbar, denn … viele Leute glauben nicht an IHN, aber dann, in solchen Situationen wollen sie GOTT anklagen.

Unser Lebensbereich liegt jedoch im Machtbereich des Teufels, was besagt, dass dieser der Auslöser vieler Bösartigkeiten, sowie Naturkatastrophen ist, denn er will ja eigentlich die Menschheit zerstören.

Aber auch Krankheiten brachen nach und nach aus. Die Sünde machte es möglich – sie ist der Ursprung all dieser Dinge.

Kapitel 19 - **Gott und die Sünde der Menschheit**

Auch wenn sich in den letzten Jahren da eine Änderung vollzogen hat, war es ursprünglich eine Normalität, dass bei Rebellion, sowie bei nicht Beachtung von Regeln und Vorgaben, was auch Ungehorsam ist, eine Strafe folgte. Man musste von Kind an lernen, was ein gutes Verhalten war. Dazu gehörte es, die von Eltern, in der Schule und später beim Studium oder der Arbeit vorhandenen Anweisungen, mit allen geforderten Ordnungen, einzuhalten. Auch der Staat erwartete diesen Gehorsam gegenüber allen Gesetzen, die für jeden Bürger vorgeschrieben wurden. Hielt man sich nicht an die gegebenen Richtlinien oder war einfach nicht gehorsam, konnte es eine Ermahnung wenn nicht sogar, je nach Schweregrad, auch eine Strafe geben, die der Straftat angepasst war.

Gott hatte den ersten Menschen ebenfalls ein Gebot gegeben. Stellt euch das einmal vor, es gab nur <u>ein</u> Gebot! Ihr Schöpfer wollte sie nicht überfordern, denn im Gegensatz zu einem Kind das von seinen Eltern erzogen wird und von klein auf Gehorsam lernen muss, hatten diese beiden Menschen, wohl bedingt durch ihre Reife bei ihrer Erschaffung, keine Erziehung genossen. Sie mussten lediglich dieses eine Gebot beachten, was ihren Willen zum Gehorsam ausdrücken sollte. Gott wollte sie sicherlich nicht überfordern, eben darum, weil diese Erziehung fehlte. Nicht mehrere Gebote erhielten sie, nein, Adam und Eva mussten sich nur an eine Vorgabe halten, die nicht einmal schwer einzuhalten war. Alles war ihnen sonst erlaubt. Und trotzdem hatten sie es nicht geschafft, das einzuhalten.

Warum?

Weil es da ein Wesen gab, das sie manipuliert und zur Sünde angeregt hatte, nämlich der Teufel.

Auch wir werden heute immer wieder dazu provoziert Dinge zu tun, von denen uns genau bekannt ist, dass sie nicht in Ordnung sind. Aber im Gegenteil zu Adam und Eva, haben wir eigentlich, bedingt durch eine frühkindliche Erziehung, sehr viele Gebote und dadurch die Möglichkeit unseren Willen zu trainieren. Eva hatte zu der Zeit noch keine Ahnung, was da im Garten Eden mit ihr geschah. Sie erlebte diesen Test zum ersten Mal und die Erkenntnis über Gut und Böse besaß sie in dem Moment ja noch nicht – nur Gehorsam sollte sie sein.

Aber wir haben tagtäglich diese Möglichkeiten, unseren Willen zu stärken, um das Gute zu tun, damit wir Gott gefallen, weil wir wissen, was Gut und Böse ist.

Obwohl Eva jedoch sehr genau wusste, dass es ihnen verboten war diese Frucht zu essen, erlag sie der Versuchung des Teufels.

Daraufhin sprach Gott mit ihr über die Strafe für sie:

„Mit großer Mühe und unter Schmerzen wirst du Kinder zur Welt bringen. Du wirst dich nach deinem Mann sehnen und er wird über dich herrschen."

Es war von Gott für die Frau demnach wohl ursprünglich nicht geplant, dass sie bei der Geburt ihrer Kinder Schmerzen haben sollte. Doch das war ihre Strafe für die Sünde, die auch in unserer Zeit noch immer Gültigkeit hat, weil das Ergebnis der Sünde weiter vererbt wurde und noch immer wird. Durch alle Zeiten hindurch versuchten viele Frauen und das tun manche auch heute noch, ihre Männer zu manipulieren, was kein schöner Wesenszug ist. Es ist eine verdeckte, hinterhältige Art und Weise, die nichts mit einer offenen Ehrlichkeit zu tun hat. Leider gibt es Männer, die selbst daran schuld sind, weil ihr Verhalten sehr egoistisch ist und sie nicht auf die Wünsche ihrer Frauen eingehen.

Den zweiten Teil der Strafe lehnen in den letzten Jahrzehnten immer mehr Frauen ab. Sie rebellieren gegen die Herrschaft des Mannes über die Frau, obwohl es ursprünglich die Schuld der Frau war, dass Gott diese Strafe zur Weitervererbung aussprach. Aber sie übersehen dabei Etwas, das ganz wichtig ist. Auch die Männer haben da in all den vielen vergangen Jahrhunderten etwas falsch verstanden. Gott sagte nicht, dass der Mann die Frau *be*herrschen soll, sondern er solle *über* sie herrschen.

Zwischen herrschen und beherrschen gibt es einen großen Unterschied. Beherrschen ist meist mit Schmerzen verbunden. Unter der Bezeichnung >herrschen< sollte man in diesem Fall die Leitung durch ein Familienoberhaupt verstehen, das seine Familie, wozu auch die Frau gehört, mit Weisheit, Rücksicht und in Liebe regiert.

Eine Parallelstelle im Neuen Testament erklärt es ausführlicher (Epheser 5, ab Vers 28 / es gibt mehrere, ähnliche Stellen); denn dort steht, dass der Mann seine Frau lieben soll, wie er seinen eigenen Körper liebt und dass sie sich ihm darum freiwillig unterordne – nicht von ihm dazu gezwungen. Setzt man voraus, dass ein Mann seine Frau wirklich liebt, dann will er sie nicht verletzen, ob körperlich oder seelisch. Er achtet sie und ehrt sie mit einem liebevollen Verhalten. Unter diesen Voraussetzungen wird sich eine Frau ihrem Mann gerne, freiwillig unterordnen. Dann werden die beiden auch harmonisch miteinander leben und weder Frau noch Mann muss sich über den Partner beschweren. Jeder sollte sich in der Situation selbst kritisch hinterfragen und prüfen, wie er/sie sich seiner Frau/ihrem Mann gegenüber verhält. Der Ursprung solch einer Harmonie, ist die *freiwillige, starke Liebe* des Mannes zu seiner Frau und die daraus resultierende, *freiwillige, mit Liebe gepaarte Unterordnung*, der Frau unter den Mann. In dem Fall gibt es in einer Ehe keine zwei Egoisten, die heiraten und eine Ehe vollziehen, in der nur die Gefühle der Lust und Pflichterfüllung vorhanden sind, sondern eine Frau wird sich nach der Liebe ihres Mannes sehnen. Und zwar so, wie es von Gott hier in dem Bibelvers angesprochen wird. Darum sollte eine Ehe auch kein Kampf zwischen Ehepartnern sein, wer wohl der größte oder stärkste Egoist, bzw. Rebell ist. Sehr deutlich wird das bei der Schöpfung.

Adam wurde von Gott aus Erde geschaffen und Eva? Sie wurde ein Teil von Adam, nicht umgekehrt!!!

Gott wollte damit ganz klar ausdrücken, dass der Mann das Haupt der Frau sein soll, doch die Frau wird zu einem Teil ihres Mannes, wodurch beide eine Einheit vor Gott darstellen, so, als ob es sich nur um eine Person handelt. Durch diese Einheit, wird die Frau zwar gleichberechtigt, soll sich jedoch trotzdem freiwillig unter ihr Haupt unterordnen, denn das Haupt von dieser vereinigten Person, ist der Mann, der laut Bibel ebenfalls ein Haupt besitzt, das Jesus Christus heißt. Letztendlich besitzt DER den Vater als sein Haupt. In dieser Reihenfolge befinden sich alle Ehepaare unter der Autorität Gottes. Voraussetzung für eine solche, von Gott gewollte Harmonie zwischen Eheleuten, ist diese absolute Liebe zueinander und zu Gott, dem Schöpfer, an der beide Ehepartner hart arbeiten sollten und jeder prüfe sich dabei selbst.

Vor Jahren hörte ich einmal die Bemerkung: >der Mann ist zwar das Haupt der Frau, doch dann ist die Frau der Hals – das Haupt dreht sich jedoch immer da hin, wohin sich auch der Hals bewegt<. Es sollte damit ausgedrückt werden, dass die Frau eigentlich das Kommando in der Familie hat, was an Eva im Paradies erinnert. Kein >Lacher< bedachte dabei, dass das Signal für die Halsbewegung eigentlich aus dem Gehirn, dem höchsten Punkt des Kopfes kommt. Mein anfängliches, unüberlegtes Lachen über diesen >Witz< führte mich bald in einen tiefgehenden Denkprozess über das, was da in unserer Zeit wirklich abläuft. Es handelt sich bei diesem Gedankengut nämlich um eine teuflische Rebellion gegen Gott, weil DER den Mann zum Haupt gesetzt hat und nicht die Frau. Eine Frau, die damit Probleme hat, die rebelliert richtig gesehen eigentlich gegen Gott, nicht gegen ihren Mann.

Darum kann auch klar gesagt werden, dass die Verdrehung dieser Tatsache in unserer Zeit, durch den Teufel hervorgerufen wurde, weil er die Anweisungen von Gott umdrehen und auf den Kopf stellen möchte. Genau auf die gleiche Art hatte sich Satan verhalten, als er größer sein wollte, als Gott. Auch daran können wir erkennen, wie fies er die Menschen heute immer noch manipuliert, ohne dass sie es wirklich bemerken. Leider sind die Frauen, wie zu Evas Zeiten, wieder diejenigen, die sich sehr intensiv an solcher Umstellung beteiligen, weil ihr Geltungsdrang zu groß ist und sie mindestens die gleiche Ranghöhe wie ihre Männer haben wollen oder weil sie diese Liebe nicht erhalten, die ihnen eigentlich nach Gottes Plan zusteht. Die Zeitanpassung ist ein Werkzeug, das der Teufel benutzt, um einen Teil beizutragen, dass uns so viele Dinge nicht mehr auffallen. Dabei geht es darum, sich gegen Gott und SEINEN Willen zu wenden, was zu einer Selbstverständlichkeit werden soll.

Eheleute, die nicht in dieser von Gott gewollten Einheit leben, sollten unbedingt ein sehr ehrliches Gespräch miteinander führen und sich bewusst unter Gottes Führung stellen, wobei sich **jeder**, auch der Mann als Haupt, hinterfragen sollte, was seine Fehler sind.

In christlichen Kreisen hat dieses feministische Gedankengut schon Einzug gehalten und der Teufel freut sich natürlich sehr über seinen Erfolg.

Ich bin mir im Klaren darüber, gerade auf viel Widerstand zu stoßen, doch Betroffene sollten ehrlich nach Gottes Meinung fragen. Heute ignorieren wir so oft Gottes Willen, weil wir uns immer mehr von der biblischen Wahrheit entfernen. Es ist uns viel wichtiger geworden, mit der Welt klar zu kommen, als mit Gott. Darum sollten wir wieder mehr lernen im Gebet nach SEINEM Willen zu fragen und dabei unsere biblischen Kenntnisse vertiefen.

Schauen wir uns nun noch einmal genau an, wie Gott auf die Sünde von Adam und Eva reagierte, als er im Garten Eden erschien. Nach wem rief ER? Eva war doch die, die zuerst nach der Frucht griff. Darum wäre es naheliegend gewesen, wenn Gott zuerst nach ihr gerufen hätte. Aber das tat ER nicht. Sie erhielt zwar auch ihre Strafe, doch zuerst musste sich Adam vor IHM für seine Sünde verantworten. Eva wurde erst später gefragt. Schon in dieser Situation zeigte Gott seine geplante Rangordnung.

Warum? Wieso gab es dabei einen Unterschied?

Denken wir noch einmal an die Schöpfung zurück. ER wollte Menschen machen, die ihm gleich sind und so schuf er aus Erde einen Mann.

Das erste Geschöpf, das ER nach seinem Bilde machte, war ein Mann und darum wird auch ein Mann immer der sein, der sich vor Gott für seine Familie verantworten muss. Natürlich muss jede einzelne Person einer Familie für die eigenen Sünden selbst haften. Aber für das Gesamtgebilde einer Familie und für alle Entscheidungen, die getroffen werden, wird der Mann einmal zur Rechenschaft gezogen. Genau darum wurde Eva auch nicht aus Erde geschaffen, sondern aus einer Rippe von Adam. Sie wurde dadurch ein Teil von ihm. Ein Teil der zu ihm gehörte, oder anders ausgedrückt, ein Teil das von ihm genommen wurde. Das machte ihn zum Herrn über Eva. Hierbei ist auch ganz klar zu erkennen, dass die Frau ihrem eigenen Mann untertan sein soll, was in vielen Bibelübersetzungen so geschrieben steht. Es heißt nicht: >allen oder den Männern untertan<, sondern dem eigenen Mann, weil sie ein Teil von diesem einen Mann wurde. Wenn eure Ehe zerrüttet ist und du alleine diese Erkenntnis erhältst, dann gehe mit deinem Problem in ehrlicher Weise zu Gott und rede mit IHM darüber. Bete, flehe und höre auch zu, was ER dir mitteilt, wie deine Ehe heil wird und was zu tun ist.

Und zu Adam sprach Gott:

> „Weil du auf deine Frau gehört und von der verbotenen Frucht gegessen hast, soll der Ackerboden deinetwegen verflucht sein. Dein ganzes Leben lang wirst du dich ab-mühen, um dich davon zu ernähren. Dornen und Disteln werden auf ihm wachsen, doch du musst dich vom Ge-wächs des Feldes ernähren. Dein ganzes Leben lang wirst du im Schweiße deines Angesichts arbeiten müs-sen, um dich zu ernähren – bis zu dem Tag, an dem du zum Erdboden zurückkehrst, von dem du genommen wurdest. Denn du bist aus Staub und wirst wieder zu Staub werden."

Auch die Strafe für Adam wurde, wie bei Eva, an alle nachkom-menden Generationen weiter vererbt. Der Ackerboden trägt noch heute Unkraut, Disteln und Dornen, wenn man ihn nicht regel-mäßig sauber hält. Die Erträge daraus sind noch immer wichtig für alle Menschen und wir müssen uns noch immer mit Mühe vom Ackerboden ernähren.

Der eine oder andere von Euch wird nun vielleicht sagen:

> „Nein, ich nicht, mein Obst und Gemüse und alles was

ich brauche, kommt aus dem Supermarkt."

OK, das ist ein Argument und auch für unsere momentane Zeit realistisch. Doch was wird, wenn es da nichts mehr zu kaufen gibt oder das Geld zum Kaufen nicht reicht? Auch das könnte irgendwann wieder aktuell werden. Dann wird jeder Mensch froh sein, wenn er die Möglichkeit dazu hat, sich im Schweiße seines Angesichtes zu ernähren. Ab dem Zeitpunkt heißt es nämlich >ohne Fleiß kein Preis<, was signalisiert, dass wir nur dann was zum Futtern haben, wenn wir entsprechend was leisten.

An diesem Punkt möchte ich euch einen Anstupser geben, der vielleicht sogar als Gruppe Spaß machen könnte.

Wenn ihr in einer Stadt wohnt wo es ungenutzte kleine Gras-, nicht Rasen- sondern Grasflächen gibt, erkundigt euch, ob es erlaubt ist, dann beackert und bepflanzt diese Flächen mit zwei oder drei unterschiedlichen Gemüse- oder Salatpflanzen, an denen sich dann, sobald alles ausgereift ist, die Bevölkerung bedienen darf. Auch über solch eine Art und Weise kann man Herzenstüren bei Menschen öffnen.

Ich selbst las so etwas über eine alleinstehende ältere Frau, die damit einen Kontakt zu anderen Menschen suchte und aufbaute.

Im Gegensatz zu Adam verfügen wir in der heutigen Zeit über viele Hilfsmittel für den Ackerbau. Er hatte eigentlich keine Geräte, mit denen er diese Arbeit verrichten konnte. Das war sicherlich nicht schön.

Doch schauen wir noch einmal genau hin, warum Adam mit dieser Strafe belegt wurde. Nicht nur weil er von der Frucht gegessen, sondern auch …, weil er auf seine Frau gehört hatte – die zudem keine gute Entscheidung traf. Er sollte eigentlich der sein, der sich mit seiner Frau berät und dann einen Entschluss trifft. Nicht der Frau wurde diese Aufgabe übergeben, sondern dem Mann. Er ist der von Gott gewählte Chef. Allerdings sollten alle Männer außer mit Gott darüber zu reden, die Vorschläge ihrer Frauen ernst nehmen und in erforderliche Überlegungen mit einbeziehen, so dass sie jeweils eine kluge und für die ganze Familie gute Entscheidung treffen. Das macht sie zu sehr liebevollen Autoritäten, die von der Familie verehrt werden. Eine Frau sollte aber auch an der Rebellion ihrer Seele arbeiten, damit sie sich mit ihrem ICH unterordnen kann und nicht das Kommando an sich reißt.

Leider sind in unserer Zeit viele Ehen zerstört oder es gibt keinen Mann in der Familie, aus welchem Grund auch immer. Dann muss die Frau natürlich diese Stellung des Oberhauptes der Familie übernehmen.

Im vorliegenden Fall brachte Adam seiner Frau allerdings keinen Widerstand entgegen, was ihn willenlos und ungehorsam machte. Er übernahm einfach, was Eva entschied, ohne zu überlegen.

Das war ein zusätzlicher Grund, warum er solch eine harte Strafe erhielt, nämlich: arbeiten im Schweiße seines Angesichtes bis sein Körper wieder zum Erdboden zurückkommt, von dem er genommen wurde. Eine lange, harte Zeit lag vor ihm, denn wie wir bereits wissen, wurde Adam über 900 Jahre alt. Sicherlich haben einige seiner Kinder einmal diese Arbeit für ihn mit übernommen. Doch wann war das? Mehrere hundert Jahre musste er bestimmt selbst Hand anlegen. Warum ging es ihm so?

Weil er sich dem Willen seiner Frau beugte und keine eigene Erkenntnis dagegensetzte. Er fiel in Ungehorsam gegen Gott, weil er seiner Frau gehorchte. Im Garten Eden hätte es solch eine schweißtreibende Arbeit nicht gegeben, denn dort durfte er mit Eva wie in einem Schlaraffenland leben. Laut Gottes Plan sollte auch hier manche Gartenpflege anfallen, doch Dornen und Disteln gab es da nicht. Ohne viel Anstrengung hätten die Beiden diese Arbeit miteinander erledigen können, denn dort ging es nicht um ihre erforderliche Versorgung, weil Gott selbst bereits wachsen ließ, was für sie nötig war. Alles hing nur an einem Verbot – mehr Verpflichtungen hatten sie nicht. Doch dieser Vorzug war nun vorbei – sie mussten den Garten verlassen, sofort und für immer!

Adam und Eva waren in Sünde gefallen, darum liest man in der Bibel manchmal auch vom Sündenfall, was dann ganz speziell auf diese Begebenheit im Garten Eden hinweist.

Kapitel 20 - Was kam nach dem Schlaraffenland

Bevor Gott Adam und Eva aus dem Garten Eden verbannte, machte ER ihnen noch Kleider aus Fellen, womit sie ihre Nacktheit bedecken konnten. Dann ließ ER von Engeln den Weg zurück in den Garten versperren, damit es weder Adam noch Eva möglich wäre, auch noch zusätzlich eine Frucht vom Baum des Lebens zu essen. Aus und vorbei – der Weg zurück in den Garten Eden war den beiden von nun an für immer verschlossen.

Die Herrschaft über diese Erde, die ihnen Gott zugesprochen hatte, ging durch ihre Entscheidung zur Sünde, mit sofortiger Wirkung an den Teufel über.

Durch ihr Gewissen wussten Adam und Eva, von nun an, was Gut und Böse war. Darum konnten sie, wenn sie darauf reagierten, in allen Situationen mit ihrem Willen gute Entscheidungen treffen, sofern sie das wollten. Gott beauftragte Adam noch einmal den Erdboden, aus dem ER ihn geformt hatte, zu bearbeiten. Es stand ihm also keine leichte Aufgabe bevor.

Diese Harmonie, in der sie vorher lebten, war ja nicht mehr vorhanden; denn alles was Gott geschaffen hatte, wurde durch den Sündenfall negativ verändert. Selbst vor manchen Tieren mussten sie sich jetzt in Acht nehmen, weil Satan auch Einfluss auf das Verhalten der Tiere nehmen konnte. Die ganze Schöpfung spürte diese Veränderung. Es war ein schwieriger Prozess den alle durchliefen, um mit der gegebenen Umstellung klar zu kommen. Zuerst war es wichtig zu lernen, sich in der neuen Umgebung zurecht zu finden. Bestimmt hatten Adam und Eva oft an ihre Zeit im Garten Eden zurückgedacht und sich selbst Vorwürfe gemacht, weil sie nicht gehorsam waren. Aber geändert werden konnte diese Situation nicht mehr, sie hatten ihre Chance vertan. Eine harte Zeit wartete auf die beiden. Ihre Kinder, die sie bekamen, kannten den Garten Eden jedoch nicht und darum erlebten die ihre Umgebung als Normalität. Alle Nachkommen, alle Menschen die je gelebt haben, jetzt leben und noch leben werden, kennen diesen Unterschied, wenn überhaupt, nur vom Erzählen. Auch die Sünde, die Adam und Eva begingen und die sie aus dem Garten mitgenommen haben, vererbt sich von Generation zu Generation. Niemand bleibt davor verschont.

Alle Menschen die geboren werden, bringen diese Sünde mit, weil sie ihnen weitergegeben wird.

In einem späteren Kapitel lernen wir, wie es uns möglich wird, von dieser Sünde frei zu werden.

Doch kommen wir wieder zu unserem Thema zurück.

Das erste und zweite Kind von Adam und Eva, war jeweils ein Junge. Der erste Junge hieß Kain, der zweite hieß Abel. Jeder von den beiden hatte seine eigene Begabung. Kain liebte den Ackerbau. Es machte ihm Spaß, Obst und Gemüse anzubauen.

Sein Bruder Abel wurde Hirte.

Wer die Familienchroniken der Bibel liest, kann feststellen, dass von den Kindern meist nur die Namen der Söhne erwähnt werden. Das erinnert wieder an die Rangordnung von Mann und Frau, über die wir bereits hörten. Auf jeden Fall werden oft, nicht immer, nur die ersten Söhne, manchmal sogar überhaupt nur der älteste Sohn, mit Namen genannt. Das heißt jedoch nicht, dass es in der Familie vor der Geburt eines Sohnes nicht schon Mädchen gab. Nach der Erwähnung des ersten Jungen, wurde dann generell nur noch von Söhnen und Töchtern gesprochen. Bleiben wir einmal bei Adam, dann heißt es zum Beispiel: >Adam lebte dann noch so viele Jahre und zeugte weitere Söhne und Töchter<.

Die ersten Söhne von Adam waren also Kain und Abel. Diese Beiden hatten sicherlich auch einige Schwestern, denn als Adam bereits 130 Jahre alt war, bekam er laut Bibel wieder einen Sohn. Dessen Name war >Seth<.

Kapitel 21 - **Der erste Mord**

Kain und Abel hatten als junge Männer eine Meinungsverschiedenheit, die Kain dazu brachte, auf seinen Bruder zornig zu werden. Wie alt sie zu der Zeit waren, ist nicht bekannt. Der Streit artete so aus, dass Kain seinen Bruder Abel erschlug.

Lesen wir dazu im 1. Mose, Kapitel 4, die Verse 6 + 7, was Gott zu Kain sagte, als dieser zwar schon böse auf Abel war, ihn jedoch noch nicht getötet hatte:

> „Warum bist du so zornig? Warum blickst du so grimmig zu Boden? Ist es nicht so: Wenn du Gutes im Sinn hast, kannst du frei umherschauen. Wenn du jedoch Böses planst, lauert die Sünde vor deiner Tür. Sie hat verlangen nach dir und will dich zu Fall bringen. Du aber sollst über sie herrschen!"

Hallo, habt ihr das gerade genau gelesen? Gott erinnerte Kain in dem Moment an die Stimme seines Gewissens, das Kain signalisiert: >bleib ruhig, sei nicht zornig, sündige nicht, du willst soeben etwas tun, das nicht gut ist<. Indem Gott dieses Signal aussendet, will ER Kain dabei helfen, sich nicht für das Böse zu entscheiden. Kain und Abel sind Gott wichtig. ER will Abel vor dem Tod und Kain vor einer Strafe bewahren. Darum ruft ER Kain dazu auf, seinen Willen zu gebrauchen um über seinen Zorn zu herrschen, weil Zorn Sünde ist. Gott warnt Kain sogar noch, indem ER ihn darauf aufmerksam macht, dass die Sünde nach ihm verlangt. Wenn Kain wollte, könnte er sich durch seinen Willen gegen den Zorn entscheiden und dadurch über die Sünde herrschen. Aber die Sünde lauerte darauf, seine Gedanken zu manipulieren. Sein Wille sollte blockiert werden, damit er keine gute Entscheidung treffen konnte. Doch wer wollte da Kain's Gewissen übertönen, indem er ihm schlechte Gedanken eingab, um ihn zum Töten anzustiften? Wer demonstrierte Stärke über Kain? Wer flüsterte ihm ins Ohr, dass sein Zorn richtig sei und er sich einfach nicht beherrschen müsse? Die Sünde hatte verlangen nach Kain und wollte unbedingt erreichen, dass er das tat, was sie in seine Gedanken legte. Kommt euch das nicht bekannt vor? Erkennt ihr, was da in dem Moment ablief? Der dunkle Machtbereich wurde aktiv! Er steht hinter jeder Sünde. Jeder Zorn und jeder Streit wird vom Teufel ausgelöst. Seit dem Sündenfall hat er die Möglichkeit über die Gedanken zu den Menschen zu reden.

Wie in einem früheren Kapitel bereits zu lesen war, brauchte er davor noch die Schlange, weil Adam und Eva zu der Zeit nur unter der Autorität Gottes standen. Die Tür zum dunklen Machtbereich war für die Menschen da noch verschlossen. Darum konnte Satan, mit seinem Willen, ihre Gedanken noch nicht direkt beeinflussen. Aber nach dem Sündenfall änderte sich das. Der Mensch hatte diese Tür für den Teufel geöffnet, was dem einen Zugang zu dessen Gedanken ermöglichte. Das ist bis heute so geblieben. Auch wir stehen sehr oft in ähnlichen Situationen und sollten unseren Willen gebrauchen, um über die Sünde zu herrschen, damit wir nicht von ihr überwältigt werden. Bei der Sünde, die uns belagert, geht es oft um Lüge, Streit, Zorn, Stehlen, Ungehorsam, aggressive Angriffe auf Menschen, Rebellion und andere Bösartigkeiten (oft auch innerhalb einer Familie). Doch meist wird es uns nicht bewusst, weil viele Menschen schon so abgestumpft sind, dass sie ihr Gewissen ignorieren. Sie überhören es. Deshalb fehlt ihnen die Fähigkeit, sich mit dem Willen gegen die Sünde zu stellen. Sehr wichtig ist es darum für uns alle, zu lernen, auf unser Gewissen zu achten, um mit unserem Willen über die Sünde herrschen zu können.

In Kain's Fall lief nun die gleiche Show ab, mit der seine Eltern viele Jahre vorher im Garten Eden ebenfalls konfrontiert waren. Auch jetzt siegte der Teufel wieder, so dass Kain darauf reinfiel und sündigte.

Lesen wir weiter in den Versen 8 – 12:

„Später schlug Kain seinem Bruder Abel vor: >Komm, wir gehen aufs Feld hinaus<. Als sie dort waren, fiel Kain über seinen Bruder her und schlug ihn tot. Da fragte der Herr Kain: >Wo ist dein Bruder Abel<? >Ich weiß es nicht<, entgegnete Kain. >Soll ich etwa ständig auf ihn aufpassen<? Doch der Herr sprach: >Was hast du getan? Hörst du nicht: Wie das Blut deines Bruders zu mir schreit? Deshalb sollst du verflucht sein und musst den Acker verlassen, den du mit dem Blut deines Bruders befleckt hast. Er wird dir keinen Ertrag mehr bringen, auch wenn du noch so hart arbeitest. Von jetzt an sollst du ein Flüchtling sein, der heimatlos von Ort zu Ort irrt<. Kain entgegnete dem Herrn: >Meine Strafe ist zu hart, ich kann sie nicht ertragen. <.“

Auch hier folgte die Strafe auf dem Fuß und Kain erkannte genau, dass er für seine Sünde gestraft wurde. Gott hatte es so gut mit Kain gemeint. ER wollte ihn doch noch von der Tat abhalten, weil ER seine Gedanken kannte. Auch was wir denken, weiß Gott ganz genau und wir können IHM nichts vormachen. Er erkennt uns oft besser als wir selbst und weiß, welche Gedanken in uns sind, auch wie sie uns beeinflussen wollen. Doch nicht jeder Mensch merkt es und reagiert darauf – eben darum, weil die Menschen nicht mehr darin geübt sind auf ihr Gewissen zu achten. Meist weiß es Gott früher als wir das selbst wahrnehmen. Auch wir Menschen werden immer wieder auf die leise Stimme dieses Gewissens, das ja jeder besitzt, aufmerksam gemacht. Darum möchte ich noch einmal erwähnen, wie wichtig es ist, dass wir lernen sehr genau auf das Mahnen unseres Gewissens zu achten und dann auch gehorsam zu sein.

Aufgrund dieser Bibelstelle lernen wir noch etwas. Gott sagte zu Kain, dass der Acker von dem Blut seines Bruders befleckt wurde und dass Abels Blut zu Gott schreit. Wie kann das Blut schreien?

Wir wissen bereits, dass sich unser Leben, also das Leben der Seele, im Blut befindet. Auch Abels Leben war in seiner Seele verankert und befand sich mit dem Blutkreislauf auf der Reise durch seinen Körper. Diese Reise wurde durch das Ausfließen des Blutes aus dem Körper unterbrochen. Das Leben im Blut konnte nicht mehr zur Seele zurück, weil der vorhandene Kreislauf unterbrochen war. Es wurde in den Acker ausgeschüttet und ging darin verloren. Das im Blut vorhandene Leben Abels, schrie von dort zu Gott, was für uns Menschen auf dieser Erde nicht hörbar ist. In DESSEN Augen wurde Leben vernichtet. Leben, das ursprünglich von IHM ausging. Darum ist das Blut für IHN auch so wertvoll. Unser Leben aus Gott ist im Blut vorhanden. Abels Haus wurde zerstört. Sein Geist, der die Seele mit Leben versorgte, zog aus und nahm sie mit in die unendliche Ewigkeit. Kain sorgte dafür, dass Abels Leben aus diesem Haus auszog. Er war der erste Mensch auf der Welt, der Blut vergoss und sein Bruder Abel war der erste Mensch, dessen Seele dieses Haus verließ.

Daraufhin erhielt Kain seine Strafe. Eine Strafe, die ihm viel zu schwer erschien. Auf seinen Acker musste er verzichten, der ihn eigentlich mit Nahrung versorgte. Gott nahm Kain das Wertvollste, das dieser besaß, das bewirkte jedoch keine Einsicht bei ihm. Er entschuldigte sich nicht für seine Sünde aber er jammerte über seine Strafe. Von nun an musste er sich von dem ernähren, was Gott generell auf der Erde wachsen ließ. Für ihn gab es vom Acker keinen Ertrag mehr.

Bei der Familie nach Nahrung fragen, wollte er natürlich auch nicht, denn seine Angst war zu groß, dass man nun auch ihn erschlagen würde. Darum nahm er sich eine seiner Schwestern als Frau und ging mit ihr in eine andere Gegend.

So verschwand auch Kain, wohl, weil er nun Angst um sein Leben hatte.

Da Gott wollte, dass sich die Menschen auf der Erde vermehrten, war es zu der Zeit und auch später noch erlaubt, dass man innerhalb der Familie heiratete, bzw. Kinder zeugte. Es gab ja keine anderen Menschen, also gab es auch keine anderen Möglichkeiten für die Fortpflanzung.

Abel gab es nicht mehr, Kain war nach seiner Sünde abgetaucht und darum hatte Adam nun nur noch Frauen um sich herum. Aber Gott war gnädig zu ihm und zu Eva. ER schenkte ihnen noch einen Sohn mit dem Namen Seth. Zu der Zeit war Adam bereits 130 Jahre. Auf Seth lagen jetzt alle Hoffnungen für Adams Stammbaum, denn die ersten beiden Söhne von Adam und Eva wurden nicht mehr dazu gezählt.

Kapitel 22 - **Seth**

Alle Hoffnungen für Adams Stammbaum ruhten nun also auf Seth.

Die Bibel schreibt, dass Adam, als er von Gott geschaffen wurde, das Ebenbild Gottes war. Nach der Geburt von Seth ist zu lesen, dass dieser das Ebenbild seines Vaters sei.

Das heißt für uns, dass Adam als reiner, sündloser Mensch Leben bekam, weil er Gottes Ebenbild war. Seth hatte jedoch einen von Sünde befleckten Leib, wie sein Vater ihn seit dem Sündenfall hatte. Da wird zum ersten Mal klar, dass die Sünde von den Vätern an ihre Kinder weitervererbt wird.

Im Stammbaum Adams heißt es:

> „Als Adam 130 Jahre alt war, wurde sein Sohn Seth geboren. Seth war das Ebenbild seines Vaters. Nach der Geburt von Seth lebte Adam noch 800 Jahre und bekam weitere Söhne und Töchter. Er starb im Alter von 930 Jahren. Als Seth 105 Jahre alt war, wurde sein Sohn Enosch geboren. Nach der Geburt von Enosch lebte Seth noch 807 Jahre und bekam weitere Söhne und Töchter. Er starb im Alter von 912 Jahren."

Hieran können wir erkennen, wie lange die ersten Menschen lebten, weil sie noch einen sehr gesunden und perfekten Körper hatten.

Von den Nachkommen der so entstandenen Menschheit, die sich sehr rasch vermehrten, werden nur zwei Männer erwähnt, über die Gott sich freute. Der eine war Henoch und der andere war Noah.

Henoch lebte fünf Generationen nach Seth in einer engen Gemeinschaft mit Gott. Als er 65 Jahre alt war, wurde ihm ein Sohn geboren, der den Name Metusalem erhielt. Nachdem Henoch weitere Söhne und Töchter gezeugt hatte, war er mit nur 365 Jahren plötzlich nicht mehr da. Gott hatte ihn, ohne dass er starb, einfach zu sich geholt, weil die beiden so eng miteinander verbunden waren. Methusalem war der älteste Mensch, der je auf der Erde gelebt hatte. Er wurde 969 Jahre alt. Einer seiner Enkelsöhne war Noah, der, als er älter wurde, immer mehr Ehrfurcht zu Gott entwickelte.

Kapitel 23 - **Das erste Schiff**

In all dieser Zeit hatte sich die Menschheit schon ordentlich vermehrt. Sie lebten ausschließlich im dunklen Machtbereich. Satans Erfolg bei ihnen war groß. Sie benahmen sich total schlecht und wurden ständig bösartiger. Je mehr Menschen es gab, umso umfangreicher und auch vielfältiger wurden ihre Sünden. Der Teufel war ein guter Lehrmeister. Er und seine Dämonen hatten sie fest im Griff. Als immer schrecklichere Dinge geschahen, bereute es Gott, die Menschen überhaupt geschaffen zu haben. Eigentlich wünschte ER sich Gemeinschaft mit ihnen, doch seine Geschöpfe hatten andere Vorstellungen und andere Wünsche. Sie waren als eigenständige Persönlichkeiten mit einem eigenen Willen und mit eigener Entscheidungsgewalt von Gott geschaffen worden, weil ER keine Marionetten wollte. Darum akzeptierte Gott was der Mensch für sich selbst wählte. Genau das tut ER auch heute bei uns, noch immer.

Noah jedoch verehrte zu seiner Zeit, in der sich die Menschen total von ihrem Schöpfer abwandten, diesen Gott des Himmels und lebte im Machtbereich des Lichtes. Weil er sich nicht von der übrigen Menschenmasse mitreißen ließ, fand Gott darum großen Gefallen an ihm. Als er etwa 500 Jahre alt war, wurden Noah drei Söhne geboren. Er nannte sie Sem, Ham und Japhet.

Zu der Zeit sah Gott dem Treiben der Menschen nicht mehr lange zu. ER hatte, wie wir es manchmal ausdrücken, >die

Schnauze voll<, weil das Böse immer mehr überhandnahm. Es war IHM klar, dass die Menschen kein Interesse besaßen, den dunklen Machtbereich zu verlassen. Sie lebten gerne in dieser sündhaften Umgebung. Auch nach ihrem Tod würden sie sich in der Finsternis der Hölle aufhalten dürfen, weil sie sich zu ihren Lebzeiten für diese Umgebung entschieden hatten.

Darum fasste Gott einen Entschluss. ER wollte die Menschheit vernichten. Allerdings sollten sie auch noch eine Chance erhalten, sich von dem Bösen abzuwenden. Jeder, der die Gemeinschaft mit Gott suchen würde, hätte also diese Möglichkeit für sich nutzen können. Weil Gott auch die Zukunft kennt, wusste ER jedoch schon, dass das niemand wollte.

ER redete mit Noah, dem einzigen Gerechten in dieser Zeit, über seinen Plan.

Lesen können wir das in 1. Mose, Kapitel 6, ab Vers 13:

> „Noah, ich habe beschlossen, alle Lebewesen auszulöschen, denn die Erde ist ihretwegen voller Gewalt. Ich will sie zusammen mit der Erde vernichten! Bau ein Schiff aus harzhaltigem Holz und dichte es innen und außen mit Teer ab. Bau anschließend Decks und Räume ein. Das Schiff soll 300 Ellen lang, 50 Ellen breit und 30 Ellen hoch sein. Lass unter dem Dach eine Öffnung – eine Elle breit – frei, die rund um das Schiff geht. Leg dann drei Decks im Schiff an -unten, in der Mitte, und oben–, und setz an

der Seite eine Tür ein. Sieh! Ich werde die Erde mit einer Flut überschwemmen, um alles Lebendige auf ihr zu vernichten. Alles, was auf der Erde lebt soll sterben! Doch mit dir schließe ich einen Bund und du sollst, zusammen mit deiner Frau, deinen Söhnen und deren Frauen in das Schiff gehen. Bringe ein Paar von jeder Tierart -ein Männchen und ein Weibchen– in das Schiff, damit sie mit dir die Flut überleben. Ein Paar von jeder Vogelart und jeder Tierart, ob große oder kleine, soll zu dir in das Schiff kommen, um zu überleben. Und nimm genügend Nahrung für deine Familie und all die Tiere mit an Bord."

(1 Elle = ca. 50 cm)

Noah war Gott gehorsam. Doch wie ihr euch sicherlich denken könnt, war ihm der Spott aller Menschen sicher. Nach seinem Handeln gefragt, scheute er sich wohl kaum, von Gottes Anweisung zu erzählen. In der Bibel wird davon berichtet, dass Noah den Menschen predigte. Sein Verhalten war in ihren Augen bestimmt lächerlich. Weit und breit gab es keinen See, geschweige denn das Meer. Und dieser, in den Augen der Menschen, „vertrottelte" Noah wollte solch ein Monstrum, einen riesigen Kasten, bauen, der über dem Wasser schwimmen kann. Was ein Schiff ist, wussten sie zu der Zeit wahrscheinlich überhaupt nicht. Bestimmt erzählte er ihnen nicht nur von der Anweisung, die ihm Gott gab, sondern auch von dem Plan Gottes. Es ist vorstellbar,

dass sie das sehr amüsierte, was noch mehr Spott und Geläch-
ter aus ihnen herauslockte. Sie waren ja im Grunde alle Noh's
nahe und entfernte Verwandte und wussten, dass er generell
zurückgezogen lebte, was ihn in ihren Augen schon immer zu
einem Sonderling machte.

So lange Noah an dem Schiff baute, und das dauerte sehr viele
Jahre, so lange umwarb er die Menschen, sich Gott zuzuwen-
den, denn das wäre ihre Chance, vor dem großen Regen und
der riesigen Überschwemmung zu fliehen. Doch auch hier, wie in
all den vielen Jahren danach bis in unsere Zeit, lachten die Menschen nur. Keiner hatte Interesse daran gerettet zu werden −
eben, weil sie nicht glaubten was ihnen gesagt wurde.

Laut Bibel war Noah 600 Jahre alt, als der große Regen kam.
Der Name des Schiffes wird in manchen Bibelübersetzungen mit
>Arche< wiedergegeben. Stellt euch mal vor, wie lange Noah an
der Arche baute und verspottet wurde und ... in all dieser langen
Zeit, glaubte er an den Gott des Himmels und an alles, was ihm
von diesem Schöpfer gesagt wurde. Er hatte keinen Zweifel daran, dass DER sein Wort hielt und sich alles so erfüllen würde,
wie ihm Gott gesagt hatte.

Es war nach all den Jahren nun soweit. Noah hatte das Schiff
fertiggestellt und die Nahrungs-, sowie Futtermittel längst in der
Arche gelagert, als ihn Gott darauf vorbereitete, dass ER bald
die Tiere schicken wolle. Von jeder unreinen Tierart ein Paar,

aber von den reinen Tieren je sieben Paar. Das war zusätzlich eine göttliche Vorsorge zur Speise von Noah und seiner Familie nach der Flut. Dann ... etwa eine Woche später, war der Zeitpunkt für das ge-

plante Naturschauspiel gekommen. Noah musste die einzelnen Tierarten, wohl mit Hilfe seiner Familie, nur noch in der Arche unterbringen. Das war ein einzigartiges Erlebnis. Sicherlich waren auch alle >Lacher< gekommen, um sich dieses Ereignis anzusehen. Vielleicht hatten sie mit den Jahren, in denen Noah an dem Schiff baute, längst ihr Interesse daran verloren. Die Leute waren mittlerweile an seine Aktivitäten gewöhnt, so dass mit diesem Schauspiel ihr Interesse wieder neu geweckt wurde. Noah fragte bestimmt noch einmal, ob sie nicht doch ihr Leben ändern wollten, aber wie die Bibel aussagt, hatte niemand vor, mit in diesen Kasten einzusteigen.

Nachdem alle Tiere im Schiff waren, ging auch Noah mit seiner ganzen Familie hinein. Vielleicht sah er noch einmal traurig auf die Menschen zurück, die sich wieder über ihn lustig machten, bevor die Tür von Gott selbst verschlossen wurde und zwar so, dass sie für Noah nicht mehr zu öffnen war – dann ..., wenn sein Mitleid mit den Menschen immer größer wurde. Die hatten ja viele, viele Jahre Zeit gehabt, um ihren Sinn zu ändern und sich vom dunklen Machtbereich abzuwenden. Doch diese einmalige

Chance, die ihnen von Gott angeboten wurde, hatten sie nicht genutzt.

Nach der Flut musste Noah das Dach des Schiffes entfernen, damit es ihnen möglich wurde auszusteigen. Sicherlich gelang es ihm und seinen Söhnen die von Gott verschlossene Tür nach ihrem Ausstieg zu öffnen, denn nur so war es allen Tieren möglich, das Schiff zu verlassen.

Aber lesen wir in der Bibel, was weiter geschah, nachdem diese eine, vorhandene Tür verschlossen war: 1. Mose, Kapitel 7, ab Vers 11:

> „Als Noah 600 Jahre alt war, am 17. Tag des zweiten Monats, brachen die unterirdischen Wasserquellen auf und die Schleusen des Himmels öffneten sich. 40 Tage und 40 Nächte goss es in Strömen."

Noah ist nun mit seiner Familie unterwegs – wir lesen weiter ab Vers 17:

> „40 Tage lang regnete es in Strömen, die Flut bedeckte den Erdboden und hob das Schiff vom Boden ab. Das Wasser stieg hoch und höher, und das Schiff schwamm auf der Wasseroberfläche. Das Wasser stieg unaufhaltsam weiter. Zuletzt überflutete das Wasser sogar die höchsten Berge der Erde. Es stand 15 Ellen über den höchsten Berggipfeln. Alle Lebewesen auf der Erde er-

tranken – alle Vögel, alle zahmen und wilden Tiere, die Kriechtiere und alle Menschen. Alles, was atmete und auf dem Festland lebte, starb. So ließ Gott alle Menschen und Tiere umkommen und vernichtete alles Leben auf der Erde. Allein Noah blieb am Leben und jene, die mit ihm im Schiff waren. Und das Wasser stieg 150 Tage lang an."

40 Tage und Nächte hatte es geregnet, aber das Wasser stieg weiter – 150 Tage lang. Welch eine Masse an Wasser quoll da wohl zusätzlich noch aus der Erde. Es stand etwa 7,50 Meter hoch über dem höchsten Berg den es zu der Zeit gab. Allerdings ist uns nicht bekannt, welch eine Höhe zu der Zeit der höchste Berg auf der alten Erde besaß.

Unser Verstand kann diese Wassermenge und ihre Herkunft nicht realisieren, aber das Wissen über Gottes Allmacht und SEINE Schöpfungsgewalt lässt mich den ganzen Ablauf dieser großen Flut trotzdem glauben. Besonders erinnert mich dieser ganze Ablauf an all das Wasser auf der Erde, das bereits vor der Schöpfung vorhanden war.

Wie hatte Gott es gebündelt?

Über und unter der Erde!

Diese ganze Wassermasse kam wieder zurück, um die Erde erneut zu überfluten.

Weiter Kapitel 8, ab Vers 2:

> „Gott ließ die unterirdischen Quellen versiegen und stoppte die Regengüsse. Nach 150 Tagen begann das Wasser allmählich zu sinken. Und am 17. Tag des siebten Monats lief das Schiff auf den Berg Ararat auf."

Der Berg Ararat ist heute etwa 5.160 m hoch. Da er jedoch ein ruhender Vulkan ist, der 1840 zum letzten Mal aktiv war, ist es durchaus möglich, dass er zur Zeit Noah's eine geringere Höhe besaß.

Nachdem die Wasser weniger wurden und das Schiff auf dem Berg Ararat aufsetzte, konnten Noah und seine Familie allerdings noch nicht aussteigen. Zuerst mussten die ganzen Wassermassen versickert sein. Auch das dauerte einige Zeit.

Bis Noah mit seiner Familie die Arche wieder verlassen konnte, vergingen insgesamt zwölfeinhalb Monate.

Habt ihr erkannt, dass nur die Lebewesen auf dem Festland starben? Alles was normalerweise im Wasser lebt, hat überlebt. Die Fische, sowie alle Riesentiere, die sich generell im Wasser aufhielten, gab es weiterhin.

Hier möchte ich auch eine oft gestellte Frage nach den >Dinosauriern in der Arche< aufgreifen. Wer nicht glauben kann oder will, sucht immer nach Beweisen, um mit Logik die Bibel zu widerlegen. Dabei ist für diese Menschen nicht nachvollziehbar, wie die riesigen Dinosaurier in die Arche gepasst haben sollen.

Der Name dieser Riesentiere kommt aus dem Griechischen und besteht aus zwei Wortteilen mit folgenden Bedeutungen: >deinós< = >gewaltig oder furchtbar< und >sauros< = >Echse<.

Dinosaurier waren also eine Echsenart und genau wie Echsen auch, kamen ihre Jungen in einem Ei zur Welt. Zudem ist erwiesen, dass Dinosaurier ein Leben lang wuchsen. Sehr große Exemplare waren demnach sehr alt und die Jungen waren noch klein. Es gab also keine Probleme mit ihrer Aufnahme in die Arche, denn Gott wusste das und hatte mit Sicherheit junge Tiere zu Noah geschickt.

Wer nach Informationen über die weltweite Flut sucht, findet entsprechende Beiträge auch aus anderen Kulturen, die auf die Urzeit zurückdatiert werden. Oft haben die Überlieferungen nur Ähnlichkeiten mit dem biblischen Bericht über Noah. Bedingt durch die verschiedenen Länder und Menschenrassen, sind zwar unterschiedliche Handlungen und Namen zu den beteiligten Personen vorhanden, doch immer ist dieses Grundmuster von der biblischen Flut zu erkennen. Überall geht es dabei um eine sehr, sehr große Flut.

Berichte dazu sind in vielen Ländern, über den ganzen Globus verstreut, zu finden. Sogar bei den Mayas, den Ureinwohnern in Nord- und Südamerika, sowie den australischen Aborigines.

Aber auch in China, Afrika, Russland, Skandinavien, Island, Indien, der Südsee, Neuguinea, Griechenland und aus noch viel mehr Ländern, sind Überlieferungen über eine weltweite, sehr große Flut zu finden. Diese Beschreibungen hören sich etwa so an: >Fluten türmen sich bis zum Himmel< oder >Überschwemmungen, die mit ihren Fluten den Himmel bedrohen<.

In einer Nordasiatischen Erzählung wird von einem bekannten Stammvater berichtet, den man mit einer Gottheit vergleicht und durch den die Welt geschaffen worden sei. Die Flut begann auf dem Urozean. Ein alter Mann, der die Flut voraussah, baute ein Floß, auf dem er dann alle seine Verwandten mitnahm. Nach der Flut landete das Floß auf einem hohen Berg, wo es sich heute noch befindet. Der gnädige alte Mann, der wohl mit dem erwähnten Stammvater identisch sein soll, erschuf nun eine neue Welt.

Diese Erzählung hat viele Inhalte der biblischen Erzählung von Noah, sogar die, dass das Floß, bzw. Boot noch heut auf dem Berg zu finden ist. Das erinnert an die Landung der Arche auf dem Berg Ararat. Auch dazu sind im Internet manche, bestätigende Berichte zu finden. Allerdings ist Noah nicht mit dem Gott des Himmels als Schöpfer gleich zu setzen.

Kapitel 24 - **Nach der Flut**

Am Ende der Flut, als sich die Wasser wieder verlaufen hatten, besaß die Erde ein anderes Aussehen. Durch die Bewegung der Wassermassen ist sicherlich auch der Garten Eden hier auf der Erde zerstört und der Lauf von Flüssen verändert worden. Ebenso besteht die Möglichkeit, dass sich die Erdmasse total verschoben und anders gelagert hat.

Betrachtet man die Beschreibung zum Garten Eden in 1. Mose Kapitel 2, die Verse 8 bis 14, so ist dort ein Fluss erwähnt, der in diesem Garten Eden entsprang und sich dann in vier Arme aufteilte. Liest man das nun in der letzten Handschrift von Luther, in der ganz alten Lutherbibel aus dem Jahr 1545, dann sind dort einige Gedanken des Schreibers zu den vier Flüssen zu finden. Auf jeden Fall sind die angegebenen Flüsse nicht mehr in diesem Arrangement vorhanden und auch die Erdoberfläche an sich war wohl nicht mehr so zusammenhängend an einem Ort wie zuvor. Man kann also durchaus sagen, dass die alte Erde vernichtet wurde und dass Gott eine Neue geschaffen hatte. Das alte Material war in veränderter Form verfügbar. Schauen wir uns dazu noch einmal die ersten beiden Sätze an, die Gott zu Noah sprach, als ER ihm von seinem Plan erzählte:

„Noah, ich habe beschlossen, alle Lebewesen auszulöschen, denn die Erde ist ihretwegen voller Gewalt. Ich will sie zusammen mit der Erde vernichten!"

Genau das hat ER getan. Die alte Gestalt wurde in eine neue umgewandelt. Auch die neue Erde war somit wieder aus Wasser heraus entstanden, wie ganz am Anfang der Schöpfung die alte Erde auch.

Von den Tieren abgesehen, überlebte nur Noah, seine Frau, seine Söhne und deren Frauen diese Flut und sie waren dadurch die einzigen Nachkommen aus dem Samen von Seth. Die gesamte Menschheit ist somit nur noch über Noah mit Seth und Adam verbunden.

Diese acht Personen starteten nun in eine neue Ära.

Nach dem Verlassen der Arche, opferte und dankte Noah dem Gott des Himmels, den er ja sehr verehrte. Er dankte, dass Gott sie alle erhalten und durch die Flut gerettet hatte. Dessen Reaktion darauf, ist in 1. Mose, Kapitel 8 ab Vers 21 bis einschließlich Kapitel 9 Vers 19 zu finden.

> „Dem Herrn gefiel das Opfer und er sprach zu sich: >Nie mehr will ich um der Menschen willen die Erde verfluchen und alles Lebendige vernichten, so wie ich es gerade getan habe, auch wenn die Gedanken und Taten der Menschen schon von Kindheit an böse sind. Solange die Erde besteht, wird es Saat und Ernte geben, Kälte und Hitze, Sommer und Winter, Tag und Nacht. <

Gott segnete Noah und seine Söhne und befahl ihnen: >Vermehrt euch und bevölkert die Erde. Alle Tiere und alle Vögel werden große Angst vor euch haben. Ich habe alle Tiere – auch die Fische – in eure Hand gegeben. Ihr könnt euch von ihnen ernähren, wie von Gemüse, Getreide und Obst. Doch ihr dürft kein Tierfleisch essen in dem noch Blut ist. Jeder, der einen Menschen tötet -ob Tier oder Mensch- soll meine Rache erfahren. Wer das Blut eines Menschen vergießt, dessen Blut soll durch Menschen vergossen werden. Denn die Menschen sind nach dem Vorbild Gottes geschaffen. Ihr aber sollt viele Kinder bekommen und die Erde wieder bevölkern! <

Dann sprach Gott zu Noah und seinen Söhnen: >Ich schließe einen Bund mit euch und euren Nachkommen; mit allen Tieren, die mit euch im Schiff waren –den Vögeln, den zahmen und wilden Tieren- mit allen Lebewesen auf der Erde:

Ich gebe euch das feste Versprechen, niemals mehr durch eine Flut die Erde und alle Lebewesen zu vernichten. < Und Gott sprach: >Ich gebe euch ein Zeichen als Garantie für den ewigen Bund, den ich mit euch und allen Lebewesen schließe: Ich setze meinen Bogen in die Wolken. Er ist das Zeichen meines unumstößlichen Bundes mit der Erde. Jedes Mal, wenn ich Regenwolken über die

Erde schicke, wird der Regenbogen in den Wolken zu sehen sein. Dann werde ich an meinen Bund mit euch und mit allem, was lebt, denken. Niemals mehr wird eine Flut <u>alles</u> Leben auf der Erde vernichten. Wenn der Regenbogen in den Wolken steht, werde ich ihn ansehen, um mich an den ewigen Bund zu erinnern, den ich mit allen Lebewesen auf der Erde geschlossen habe<. Und Gott sprach zu Noah: >Ja, dies ist das Zeichen meines Bundes, den ich mit allen Geschöpfen auf der Erde schließe<.

Sem, Ham und Jafet, die drei Söhne Noah's, überlebten zusammen mit ihrem Vater, ihrer Mutter und ihren Frauen in dem Schiff die Flut. ..... Von diesen drei Söhnen Noah's stammen alle Menschen ab, die jetzt über die ganze Erde verstreut leben."

Jeder von uns, der einen Regenbogen sieht, wird dadurch auch in unserer heutigen Zeit immer wieder neu auf Gottes Versprechen hingewiesen. ER selbst denkt dabei an SEINEN Bund, den er vor mehreren tausend Jahren mit Noah schloss.

In der letzten Bibelstelle werden wir aber auch an die Sünden aus dem Garten Eden erinnert, die an alle Nachkommen von Adam, also auch an uns, vererbt werden. Wir können nämlich am Anfang der Bibelstelle lesen, dass die Gedanken und Taten der Menschen schon von Kindheit an böse sind. Diese Vererbung geht bis auf Adam zurück. Sie ist also, obwohl Noah eine sehr enge Bindung an Gott hatte, immer noch vorhanden, und zwar bis in unsere Zeit. Bei dieser Bibelstelle fällt aber noch etwas auf. Es handelt sich dabei um einen Punkt, der unsere Essgewohnheiten betrifft und der teilweise sogar in Streitereien ausartet. Noah und seine Söhne erhielten eine neue Anweisung von Gott: <

> „Ich habe alle Tiere, auch die Fische, in eure Hand gegeben. Ihr könnt euch von ihnen ernähren, wie von Gemüse, Getreide und Obst. Doch ihr dürft kein Tierfleisch essen, in dem noch Blut ist."

Zuerst einmal ist hier zu lesen, dass die Menschen nun, nach der Flut, auch Fleisch essen dürfen, was vorher nicht erlaubt war. Doch darf sich das Blut der Tiere nicht mehr im Fleisch befinden wenn man davon isst, weil das Blut für Gott unendlich wertvoll und heilig ist, darum, weil sich Leben darin befindet.

Auch die Tiere erhielten dieses Leben von Gott. Allerdings können wir auch lesen, dass Gott nur den bestrafen wird, der das Blut von Menschen vergießt. Egal wer das Blut eines Menschen vergießt, ob ein anderer Mensch oder ein Tier – Gott wird es ihm vergelten. Der Mensch war die Krone der Schöpfung. Er war das Wesen, das nach Gottes Bild erschaffen und für die innige Gemeinschaft mit Gott selbst bestimmt war und er ist immer noch etwas Besonderes in Gottes Augen, auch wenn DER die Sünde im Menschen hasst. Das Blut der Tiere durfte vergossen werden, sonst hätte Gott nicht gesagt, dass der Mensch seit der Flut das Fleisch von Tieren essen darf. Doch das, was wir heute erleben, hat Gott nicht erlaubt. ER hatte mit dieser Erlaubnis nicht zugestimmt, dass all die vielen Tiere sinnlos getötet und gequält werden und das oft einfach nur aus Spaß

Allen Vegetariern sei gesagt, dass Gott nicht *geboten* hat Fleisch zu essen. Nein, es war eine Erlaubnis, denn ER sagte Noah, dass sie ab sofort auch Fleisch essen können, nicht müssen.

Nach der Flut erhielten Noah und seine Söhne von Gott den Auftrag, die Erde neu zu bevölkern.

Ob sich die Menschheit nun besser entwickelte, werden wir im nächsten Kapitel durcharbeiten. Was denkt ihr darüber?

Kapitel 25 - **Noah's Nachkommen**

Wir könnten jetzt sagen, dass eine harte Strafe über die Erde gegangen war, was den nachfolgenden Generationen eine echte Lehre hätte sein müssen. Doch wer Erlebnisse nur vom Erzählen kennt, kann die Wirklichkeit mit ihrer allumfassenden Dramatik nie so empfinden, wie die Menschen, die alles selbst miterlebt haben. Darum verblassen unsere Erinnerungen an solche Ereignisse oft sehr schnell – wir kennen sie nur aus Erzählungen. Einige tausend Jahre sind seit dieser Zeit vergangen und der größte Teil der Menschheit glaubt inzwischen nicht einmal mehr, dass es die Flut überhaupt gegeben hat, weil sie alles mit ihrem Verstand begreifen, aber nicht glauben will.

Doch schauen wir uns an, wie es mit Noah und seinen Söhnen weiter ging. Da wir bereits über die Kenntnisse einer weltweiten, großen Flut gelesen haben, kann man davon ausgehen, dass auch Noah und seine Söhne allen ihren Nachkommen von der Flut und davon, was davor geschehen war, erzählt hatten.

Aber ..., der Teufel, der ja ein Geistwesen ist und kein irdisches Haus hat, wurde mit der Flut nicht vernichtet. Er hatte auch danach wieder sehr viel Interesse daran, diesen kommenden Familienclan unter seine Kontrolle zu bringen und wartete auf die passende Gelegenheit.

Wie im letzten Kapitel erwähnt, wurde/wird die Sünde aus dem

Garten Eden ja immer noch an jedes Kind vererbt. Diese Voraussetzung war eine Vorlage, deren sich der Teufel zu allen Zeiten immer wieder gerne bediente.

Für Gut und Böse mussten und müssen sich auch heute noch alle Menschen selbst entscheiden, da nutzte Noah's Verbindung zu Gott überhaupt nichts. Darum sollte sich jeder darüber bewusst sein, eine eigene, persönliche Entscheidung zu treffen. Die Menschen haben weiterhin ihr Gewissen, auf das sie hören können. Da uns nun bekannt ist, dass der Teufel auf der Lauer lag, habt ihr sicherlich alle eine Antwort zu der Frage am Ende des letzten Kapitels.

Nach der Flut lebte Noah weitere 350 Jahre und konnte dadurch viele seiner Nachkommen sehen. Die Erlaubnis innerhalb der Verwandtschaft zu heiraten und Kinder zu zeugen, bestand unverändert, was ja auch erforderlich war, wenn sich die Menschen vermehren sollten. Erst mehrere hundert Jahre später wurde diese Erlaubnis von Gott in ein Verbot umgewandelt. (siehe: 3. Mose, Kapitel 18) Darum fand eine schnelle Vermehrung der Menschheit statt. Schaut man sich die Geschlechtsregister nach Noah an, dann ist rein rechnerisch die Möglichkeit gegeben, dass innerhalb der ersten 80 Jahre nach der Flut bereits einige hundert Menschen lebten. Jeder von Noah's Söhnen hatte einige Söhne, wobei auch hier nur die Söhne erwähnt werden, abgesehen aller Mädchen. Und am Ende der Aufzählung heißt es

immer wieder, wie wir bereits von Adam her wissen: >und danach zeugte ... weitere Söhne und Töchter<. Zu der Zeit fand
vermutlich bereits die Sprachenverwirrung statt, wie sie in der
Bibel erwähnt wird. Im Laufe der Aufzählung in diesem Geschlechtsregister, das wir im 1. Mose, Kapitel 10 und in 1. Chro-
nik, Kapitel 1 finden, ist unter den Nachkommen Sems, in der 4.
Generation nach ihm, eine interessante Bemerkung zu finden.

Peleg wurde geboren. Rechnet man bis zu seiner Geburt, dann
kommt man auf etwa 100 Jahre nach der Flut. Die Bedeutung
des Namens ist: Zerteilung, bzw. Spaltung - weil zu dieser Zeit
die Erde zerteilt wurde, wie man in der Bibel lesen kann.

Laut hebräischer Übersetzung betrifft diese Zerteilung nicht eine
menschliche Zerstreuung, wie sie uns beim Turmbau zu Babel
beschrieben wird, sondern eine echte Spaltung, die den Erdboden betrifft. Wie wir bereits feststellen konnten, müsste die
sprachlich bedingte Trennung der Menschheit bereits vor der
Spaltung des Erdbodens stattgefunden haben. Das würde auch
das Vorhandensein von Menschen auf den verschiedenen Kon-
tinenten erklären, die alle, egal wo sie sich befanden, ihre eigene
Sprache hatten (weil sie in sprachlichen Gruppen zusammen
waren) und noch über das Wissen der großen Flut verfügten.

Die Anfangs ganz zusammenhängende Erdenmasse wurde
vermutlich in die verschiedenen Kontinente zerspalten.

Wie das geschah, können wir nur erahnen. Vielleicht haben sich die Kontinentalplatten verschoben – z. B. durch ein sehr großes Erdbeben oder ein anderes Naturereignis, wie etwa eine Nachwirkung der großen Flut?

Natürlich war es auch möglich, dass Gott ein machtvolles Wort sprach und ähnlich wie bei der Schöpfung tätig wurde, so dass das Auseinandertriften der Kontinentalplatten diese Zerteilung in Gang setzte – es wurden von mir in der Bibel keine Hinweise auf die Art des Vorganges gefunden. Es könnte jedoch auch eine Nachwirkung der Sprachenverwirrung gewesen sein. Nachdem Gott die Menschheit trennte, geschah danach dann vielleicht auch noch eine Trennung der Erdmasse. Aber das sind nur Denkprozesse, die biblisch nicht dokumentiert wurden.

Kapitel 26 - **Nimrod**

Nachdem die Flut überstanden war, in der Zeit, bevor Peleg geboren wurde, finden wir in der Nachkommenschaft von Noah's Sohn Ham einen Namen, der auch in unserer heutigen Zeit noch vielen Menschen bekannt ist. Es handelt sich dabei um Ham's Enkelsohn – ein Sohn von Chus/Kusch, mit dem Namen Nimrod. Er war der erste gewaltige Herrscher auf der Erde. Nimrod war ein Mann mit viel Erfolg. Er erbaute mehrere Städte und wurde zu einem großen Herrscher seiner Zeit.

Die erste und bekannteste seiner Städte war Babel. Der Turmbau zu Babel ist noch immer ein Begriff für viele Menschen. Im Irak sind selbst in unserer Zeit einige Überreste davon zu finden.

Allerdings stand Nimrod unter sehr starker Beeinflussung des dunklen Machtbereiches.

Also können wir davon ausgehen, dass einige Jahrzehnte nach der großen Flut eine erneute Abwendung von Gott stattfand. Nimrod führte eine Religion ein, bei der Götzen angebetet wurden. Auch das steigerte sich wieder in eine unkontrollierte und starke Auflehnung gegen den Schöpfer der Menschen.

DER dachte jedoch an sein Versprechen, nicht mehr die ganze Erde zu überfluten.

Darum suchte Gott erneut nach einem Menschen, der sich von dieser Gottlosigkeit nicht mitreißen ließ. Einen, mit dem es möglich werden sollte, eine bleibende Beziehung aufzubauen.

ER fand einen solchen Mann – der total auf IHN vertraute. Es handelte sich dabei um Abram, den er aus der ihn umgebenden Gottlosigkeit herausrief und in ein anderes Land führen wollte. Der große, einzige Gott des Himmels, holte ihn aus diesem schlechten Einflussbereich mit all seinem Götzendienst heraus.

Auf lange Sicht hin, wählte sich der Schöpfer durch ihn und seine Nachkommen eine Volksgruppe aus, mit der ER plante und mit der ER Gemeinschaft haben wollte. Abram selbst war ein Nachkomme von Noah's Sohn Sem.

Kapitel 27 - **Abraham**

Nachdem Abram aus Ur in Chaldäa (heute: *Tell el-Muqejjir)*, einem Gebiet des heutigen Irak, herausgerufen wurde und dann über Haran, einer Stadt im Südosten der heutigen Türkei (nahe der syrischen Grenze), nach Kanaan gezogen war, befasste sich Gott immer intensiver mit ihm.

Die erste Frau Abrahams war Sarai, seine Halbschwester, eine sehr schöne Frau, wie in 1. Mose, Kapitel 12, Vers 14 und in 1. Mose, Kapitel 20, Vers 12 zu lesen ist. Beide hatten den gleichen Vater, jedoch verschiedene Mütter, wodurch Sarai einen sehr hoch angesehenen Stand hatte. Zu der Zeit waren solche geschwisterlichen Ehen noch erlaubt.

Da Sarai keine Kinder bekam, übergab sie bei zunehmendem Alter ihre ägyptische Magd, mit dem Namen Hagar, an Abram, um über diese dann doch noch Mutter zu werden. Das war zu Abrams Lebzeiten eine übliche Handhabung, obwohl es bis zu dieser Zeit in seiner Ehe wohl nicht praktiziert wurde.

Der Junge aus der Beziehung zwischen Abraham und Hagar, erhielt den Namen Ismael.

Mehrere Jahre später, als Sarai bereits längere Zeit nicht mehr gebärfähig war, wirkte Gott ein Wunder und sie bekam dann doch noch einen Sohn.

In der Bibel kann man dazu in 1. Mose, Kapitel 18, Verse 11 + 12 lesen, dass Gott sein Versprechen, das ER Abram viele Jahre zuvor gegeben hatte, in einem Gespräch noch einmal erwähnte und darauf hinwies, dass die Zeit der Erfüllung nun gekommen sei – nämlich, einen Sohn für Abram von seiner Ehefrau Sarai. Unmittelbar vor dieser Zeit änderte Gott die Namen von Abram in Abraham und von Sarai in Sarah. Warum das so war, kann in 1. Mose, Kapitel 17, gelesen werden:

> ... Da warf sich Abram vor Gott nieder mit dem Gesicht auf die Erde, und Gott sagte zu ihm:

> „Pass auf! Mein Bund sieht so aus: Du wirst zum Vater vieler Völker werden. Deshalb sollst du auch nicht mehr Abram (was >erhabener Vater< heißt) heißen, sondern Abraham! (heißt: >Vater der Menge<) Denn ich habe dich zum Vater vieler Völker bestimmt. 1. Mose 17,5 und in Vers 15 lesen wir:

> Dann sagte Gott zu Abraham: "Sarai, deine Frau, sollst du nicht mehr Sarai (die Fürstliche) nennen. Von jetzt an soll sie Sarah (die Fürstin) heißen. Ich werde sie segnen und dir einen Sohn von ihr schenken. Ich segne sie so, dass sie die Mutter ganzer Völker wird, selbst Könige werden von ihr stammen."

„Und sie waren beide, Abraham und Sarah, alt und wohl betagt, also dass es Sarah nicht mehr nach der Frauen Weise ging. Darum lachte sie bei sich selbst und sprach: Nun, da ich alt bin, soll ich noch Wollust pflegen, und mein Herr ist auch alt?"

Obwohl sie darüber lachte, weil es dem menschlichen Denken unmöglich erschien, war ihr klar, dass der Wille Gottes in ihrem Familienleben oberste Priorität hatte und darum Gottes Plan verfolgt wurde. In diesem Zusammenhang können wir auch lesen, dass sie Abraham nicht: >mein Mann< sondern >mein Herr< nannte – was wieder auf das Gespräch Gottes hindeutet, welches DER mit Adam und Eva nach dem Sündenfall hatte, indem er Adam zum Herrscher über Eva erhob.

Wie alt Abraham und Sarah waren, als Gott dieses Wunder wirkte, ist in Kapitel 17, ab Vers 17 zu lesen:

„Da fiel Abraham auf sein Angesicht und lachte, und sprach in seinem Herzen:

Soll mir, hundert Jahre alt, ein Kind geboren werden, und Sarah, neunzig Jahre alt, gebären?

Und Abraham sprach zu Gott: Ach, dass Ismael leben sollte vor dir!

Da sprach Gott: Ja, Sarah, dein Weib, soll dir einen Sohn gebären, den sollst du Isaak heißen; denn mit ihm will ich meinen ewigen Bund aufrichten und mit seinem Samen nach ihm. Dazu um Ismael habe ich dich auch erhört. Siehe, ich habe ihn gesegnet und will ihn fruchtbar machen und mehren gar sehr. Zwölf Fürsten wird er zeugen, und ich will ihn zum großen Volk machen.

Aber meinen Bund will ich aufrichten mit Isaak, den dir Sarah gebären soll ....."

In der Bibel wird die ägyptische Magd Hagar, die Mutter von Ismael, als Kebsweib benannt. Auch die weitere Frau mit dem Namen Ketura, die sich Abraham nach Sarahs Tod nahm, wird an manchen Stellen in der Bibel mit diesem Namen tituliert.

Bei Wikipedia, finden wir unter dem Begriff >Kebsweib< folgende Stellungname:

> „Kebse, Kebs oder Kebsweib, hebr. Pilegesch ist ein veraltetes, heute allenfalls noch dialektal verwendetes Wort für Konkubine. Das Bürgertum des 19. Jahrhunderts, dem dieser Ausdruck zu derb erschien, sprach stattdessen lieber von Maitresse."

Demnach wurde während dieser Zeit bereits nur die Hauptfrau von Gott als Ehefrau akzeptiert und als solche anerkannt. Alle anderen Frauen waren Nebenfrauen, die in unserer heutigen Zeit als Geliebte bezeichnet werden und somit keinen wirklichen Bestandteil innerhalb einer Ehe hatten. Vielleicht legte Gott darum so viel Wert auf einen Nachkommen für Abraham von seiner Ehefrau Sarah.

Abraham glaubte bedingungslos an Gott und war ihm auch immer gehorsam. Selbst die Tatsache, dass er und Sarah nach menschlichem Denken dieses Versprechen eines gemeinsamen Kindes niemals mehr erhalten konnten, ließ ihn nicht an Gott zweifeln. Sein Vertrauen zu IHM war ungebrochen. Es ist vorstellbar, dass Gott ganz bewusst so lange wartete, um SEINE Allmacht in dieser ausweglosen Situation zu demonstrieren.

Beide, Sarah und Abraham, hatte ER einer Verjüngung unterzogen, damit seine Vorhersage erfüllt wurde. Dazu kann man im Neuen Testament in Römer 4, Verse 19 – 21 Folgendes lesen:

> „Doch Abrahams Glaube blieb unerschüttert, obwohl er wusste, <u>dass er mit fast hundert Jahren viel zu alt war, um noch Vater zu werden und seine Frau Sarah keine Kinder mehr bekommen konnte</u>. Abraham zweifelte nicht und vertraute auf die Zusage Gottes. Ja, sein Glaube wuchs sogar noch, und damit ehrte er Gott. Er war vollkommen überzeugt davon, dass Gott das, was er versprochen hat, auch tun kann." (Unterstreichung v. Aut.)

Dazu finden wir im Neuen Testament, in Lukas, Kapitel 18, Vers 27 noch einen passenden Vers, welcher lautet:

> „Was bei den Menschen unmöglich ist, das ist bei Gott möglich."

Ähnliches können wir auch im Hebräerbrief, Kapitel 11, ab Vers 11 lesen:

> „Durch den Glauben konnte Sarah mit Abraham ein Kind bekommen, obwohl beide zu alt waren und obwohl Sarah unfruchtbar war. Abraham glaubte, dass Gott sein Versprechen halten würde."

Sarah gebar mit ca. 90 Jahren einen Sohn, der den Namen Isaak erhielt. Über dreißig Jahre später, nachdem sie dann verstorben war, ging Abraham eine weitere Ehe ein. Diese Frau hatte den Namen Ketura, der zuvor bereits erwähnt wurde und über sie wurden Abraham weitere sechs Kinder geboren. (Zu lesen in 1. Mose, Kapitel 25, ab Vers 1) Wenn man bedenkt, dass diese Ehe mit Ketura erst begann, als Sara gestorben und Isaak bereits dreißig Jahre alt war, dann hatte Gott nicht nur an Sarah, sondern auch an Abraham ein sehr großes Wunder vollbracht, denn er selbst hielt sich bereits für zu alt, bevor Isaak geboren wurde. Unter den Namen dieser so spät gezeugten Kinder von Ketura, befand sich auch der Name Midian, der viel später, in der Zeit von Mose, noch einmal aufgeführt ist.

Das Versprechen der Nachkommenschaft, das Gott an Abraham für dessen Sohn Ismael gab, erfüllte sich. Ismael zeugte 12 Söhne, die eigene kleine Völker aufbauten, was sie zu Fürsten machte. Die Namen seiner Söhne waren:

Nebaioth, Dumah, Hadad, Kedar, Jetur, Adbeel, Tema, Naphish, Mishma, Massa, Mibsam, Kedemah. Die heutigen Araber sollen ihre Nachkommen sein. Auch die Nachkommen von Abraham mit Ketura sollen sich im südöstlichen Raum verbreitet haben.

Abraham hatte eine enge Verbindung zu seinem Gott. Er wurde 175 Jahre alt.

In der Bibel steht, dass der Schöpfer Gefallen an Abraham hatte, weil er gehorsam war, Gott von ganzem Herzen liebte und an IHN, ohne Abstriche, glaubte.

Kapitel 28 - Isaak

Obwohl Gott Abraham versprochen hatte, dass er auch durch Isaak viele Nachkommen erhalten sollte, wurden dem, im Gegensatz zu Ismael, nur 2 Söhne geboren.

Isaak war 40 Jahre alt, als er seine Frau Rebekka heiratete. Auch sie konnte, wie ihre Schwiegermutter, die auch ihre Tante war, keine Kinder bekommen und Isaak musste nach 20 Jahren Ehe zuerst den Gott des Himmels um Kinder bitten, bevor seine Frau Rebekka schwanger wurde. Danach gebar sie die Zwillinge Jakob und Esau.

Jakob erhielt den Erb-Segen von seinem Vater. Es handelt sich dabei um einen Segen, der in die nachfolgenden Generationen weiter vererbt und normalerweise immer wieder an den ältesten Sohn der rechtmäßigen Ehefrau weiter gegeben wurde.

Jakob hatte zwei Frauen, bei denen es sich um Schwestern handelte. Die ältere hieß Lea und die jüngere, schönere, hieß Rachel. Eigentlich wollte Jakob nur Rachel zur Frau haben, doch durch eine Schummelei des Schwiegervaters, erhielt Jakob zuerst die ältere Schwester, Lea, zur Frau.

Nur durch diese Ehefrau, war die Verheißung eines großen Kindersegens möglich. Gott wusste bereits im Vorfeld, dass Lea für diese größere Erblinie wichtig war.

So geht es auch oft in unserer Zeit und unserem Leben, dass wir Gottes Eingreifen oder Handeln erst in einem viel späteren Rückblick verstehen können. Auch Rachel war lange Zeit unfruchtbar und gebar erst nach vielen Ehejahren zwei Söhne. Der erste Sohn hieß Josef und der Zweite, bei dessen Geburt sie starb, hieß Benjamin.

Im Nachhinein betrachtet, kann man verstehen, warum Gott es zuließ, dass Jakob nicht alleine seine Lieblingsfrau erhielt. Diese Frau war nämlich ebenfalls, wie Jakobs Mutter und Großmutter, nicht in der Lage, mehrere Kinder zu gebären, was den von Gott versprochenen Kindersegen nicht realisiert hätte. Es handelte sich dabei um einen Teil der von Gott versprochenen Kinder. Auch Jakob hatte schließlich, genau wie Ismael, 12 Söhne. Die Namen dieser Kinder können wir in 1. Mose Kap. 29 + 30 der Reihenfolge nach finden:

Ruben, Simeon, Levi, Juda, Dan, Naphtali, Gad, Asser, Issascha, Sebulon, Josef und Benjamin.

Auch hier wurden dem Jakob von seinen Frauen deren Sklavinnen zugeschoben, damit diese ihnen weitere Kinder von Jakob gebären sollten. Der Beschreibung nach, wurden diese Kinder den Herrinnen zugerechnet.

Lea gebar den 1. Sohn Ruben, den 2. Sohn Simeon, den 3. Sohn Levi, den 4. Sohn Juda, den 9. Sohn Issascha, den 10.

Sohn Sebulon und dann noch eine Tochter mit dem Namen: Dina.

Ihre Magd Silpa brachte den 7. Sohn Gad und den 8. Sohn Asser zur Welt.

Von Rahel's Magd Bilha, wurden dem Jakob der 5. Sohn Dan und der 6. Sohn Naphtali geboren.

Rahel selbst gebar nach vielen Ehejahren zuerst den 11. Sohn Josef und dann zum Schluss Benjamin, bei dessen Geburt sie starb, wie wir schon lasen. Genau so, wie Abrahams Sohn Isaak als erster Sohn von der eigentlichen Frau, nämlich von Sarah, diese Stellung auf Gottes Geheiß hin einnahm, genauso wurde es auch mit den Söhnen Jakobs gehalten.

Gott änderte auch, wie bei dem Stammvater Abraham und seiner Frau Sarah, den Namen von Jakob um, in den Namen: >Israel<.

Kapitel 29 - Jakob's Kinder

Jakob hatte zwar viele Söhne, doch einen von ihnen liebte er besonders. Es handelte sich dabei um Josef, den ersten Sohn, den ihm Rachel geboren hatte.

Schon immer liebte er Rachel mehr als Lea. Mit Letzterer wurde er ja von seinem Schwiegervater, an Stelle seiner großen Liebe >Rachel< vermählt. Durch die orientalische Verschleierung war ihm dieser Tausch erst zu spät aufgefallen. Zu der Zeit gab es noch keine Ehescheidung. Die Ehe konnte nicht mehr aufgelöst werden. Aber eine weitere Ehefrau war zu der Zeit auf jeden Fall noch erlaubt und darum erhielt Jakob auch Rachel zur Frau, die er sehr liebte. Wie seine Mutter und Großmutter, bekam auch Rachel, wie wir schon gelesen haben, viele Jahre lang keine Kinder. Darum liebte Jakob den ersten Sohn, den ihm seine Lieblingsfrau gebar, wohl auch viel mehr, als alle seine anderen Söhne. Er zeigte das auch sehr, so dass eine ordentliche Portion Eifersucht in den restlichen Söhnen wuchs. Das Ergebnis davon war ein Ereignis, das eigentlich allen Bibelkennern bekannt ist.

Rachel war mittlerweile verstorben und ihre Schwester Lea wurde Mutterersatz für die Söhne ihrer Schwester.

Zu der Zeit redete Gott oft durch Träume mit Jakob. Seine Verbindung zu Gott war genau so hingebungsvoll wie die seines Vaters und Großvaters. Die Verbindung von Jakob zu seinem

Sohn Josef führte wohl dahin, dass sich dieser Sohn ebenfalls sehr nach Gott sehnte, weil er die Liebe seines Vaters erwiderte und dieser dadurch ein sehr großes Vorbild für ihn war.

In zwei verschiedenen Träumen, erlebte Josef, dass er eine Stellung hatte, die höher war, als die der Brüder, ja sogar der Eltern, und sich alle vor ihm verneigten. Als er seiner Familie von diesen Träumen erzählte, wuchs die Eifersucht der Brüder weiter, weil Josef sich, wie sie sagten, größer und besser fühlte, als sie alle. Selbst Jakob, sein Vater, wies ihn in dem Fall zurecht.

Eines Tages, die Brüder waren meist mit den Viehherden unterwegs, schickte ihn der Vater auf die Suche nach ihnen, um zu erfahren wie es seinen anderen Söhnen geht. Diese sahen ihren Bruder schon früh kommen, weil sie ihn an seiner besonders schönen Kleidung erkannten, mit der ihn der Vater vor ihnen allen ausgezeichnet hatte. Nachdem ihn die Brüder erkannten, sagten einige von ihnen:

„Seht dorthin, da kommt der Träumer."

Die Wut der Brüder war so groß, dass sie ihm seine schöne Kleidung auszogen und ihn in eine Grube warfen aus der er nicht alleine rauskam. Etwas später kam eine Karawane auf sie zu, die aus Nachkommen von Abrahams Sohn Ismael bestand. Denen wurde Josef von seinen eigenen Brüdern als Sklaven für Ägypten verkauft. Sie schlachteten ein Tier, tauchten die schöne Kleidung in Blut, schickten einen Boten mit der Kleidung zum

Vater und ließen ihm sagen, dass sie dieses Kleidungsstück gefunden hätten.

Die Klage und Trauer des Vaters war über sehr viele Jahre unbeschreiblich groß.

Was aus Josef wurde, lesen wir im nächsten Kapitel.

Kapitel 30 - **Josef**

In diesem Kapitel möchte ich einfach nur zitieren, was die Bibel über Josef berichtet, denn sein Leben verlief ab da sehr unterschiedlich über Höhen und Tiefen. Der ganze Bibeltext wurde der Bibelübersetzung >Neues Leben< entnommen.

1. Mose, Kap. 39 bis einschl. Kap. 41:

> „ Kapitel 39
>
> Josef in Potifars Haus (mit dem Ausdruck: >der Herr< ohne weitere Bezeichnung = Gott gemeint)
>
> 1 Josef war nach Ägypten gebracht worden. Potifar, ein Minister des Pharaos und Oberbefehlshaber der königlichen Leibwache, kaufte ihn von den ismaelitischen Händlern.
>
> 2 Der Herr half Josef und ließ ihm alles gelingen, während er im Haus seines ägyptischen Herrn arbeitete.
>
> 3 Potifar bemerkte, dass der Herr mit Josef war und ihm in allem, was er unternahm, Erfolg schenkte.
>
> 4 Deshalb fand er seine Gunst und wurde Potifars persönlicher Diener. Schon bald übertrug Potifar Josef die Aufsicht über sein Haus und die Verwaltung seines gesamten Besitzes.
>
> 5 Von jenem Tag an segnete der Herr Potifar um Josefs willen. Alle Arbeiten im Haus gelangen, die Ernte fiel gut aus und sein Viehbestand vergrößerte sich ständig.
>
> 6 Deshalb gab Potifar Josef Vollmacht über seinen ganzen Besitz. Er kümmerte sich in seinem Haus um nichts mehr, außer um sein eigenes Essen. Josef war ein gut aussehender junger Mann.

7 Daher fing Potifars Frau an, ihn zu begehren und forderte ihn auf, mit ihr zu schlafen.

8 Doch Josef weigerte sich. »Mein Herr vertraut mir in allem, was sein Hauswesen betrifft.

9 Er hat in diesem Haus nicht mehr Macht als ich! Er hat mir nichts vorenthalten außer dir, denn du bist seine Frau. Wie könnte ich so etwas tun? Es wäre eine große Sünde gegen Gott.«

10 Obwohl sie ihn Tag für Tag bedrängte, weigerte er sich mit ihr zu schlafen.

11 Eines Tages jedoch war keiner der anderen Sklaven da, während er seiner Arbeit im Haus nachging.

12 Da packte sie ihn an seinem Gewand und verlangte: »Schlaf mit mir!« Josef riss sich los, ließ sein Gewand in ihrer Hand zurück und floh aus dem Haus.

13 Als sie merkte, dass sie sein Gewand in der Hand hielt, er selbst aber geflohen war,

14 rief sie ihre Diener. »Mein Mann hat diesen hebräischen Sklaven hierher gebracht, der nur seinen Mutwillen mit uns treibt«, sagte sie. »Er wollte mich vergewaltigen, ich aber habe laut geschrien.

15 Da rannte er davon, doch sein Gewand ließ er bei mir zurück.«

16 Sie ließ das Gewand neben sich liegen. Und als ihr Mann am Abend nach Hause kam,

17 erzählte sie ihm dieselbe Geschichte. »Dieser hebräische Sklave, den du ins Haus gebracht hast, wollte mich zum Gespött machen«, sagte sie.

18 »Nur mein Schreien hat mich gerettet. Er rannte hinaus und ließ sein Gewand bei mir zurück!«

Josef kommt ins Gefängnis

19 Als Potifar das hörte, war er außer sich vor Zorn.

20 Er ließ Josef in das Gefängnis werfen, in dem die Gefangenen des Königs eingesperrt waren.

21 Doch der Herr war auch dort mit Josef und sorgte dafür, dass Josef die Gunst des Gefängnisverwalters gewann.

22 Der Verwalter übertrug Josef die Aufsicht über alle anderen Gefangenen und über alles, was im Gefängnis geschah.

23 Der Verwalter musste sich um nichts mehr kümmern. Denn der Herr war mit Josef und ließ alles gelingen, was er tat.

Kapitel 40
Josef deutet zwei Träume

1 Einige Zeit später ließen sich der oberste Mundschenk und der oberste Bäcker etwas zuschulden kommen.

2 Ihr Herr, der Pharao, wurde sehr zornig auf sie

3 und ließ sie in das Gefängnis werfen, dem der Oberbefehlshaber der königlichen Leibwache vorstand und in dem auch Josef gefangen war.

4 Der Oberbefehlshaber der königlichen Leibwache gab Josef den Auftrag, sich um sie zu kümmern.

5 Eines Nachts hatten der Mundschenk und der Bäcker einen Traum, und beide Träume hatten eine besondere Bedeutung.

6 Am nächsten Morgen fiel Josef der niedergeschlagene Gesichtsausdruck der beiden auf.

7 »Warum seid ihr heute so niedergeschlagen?«, fragte er.

8 Sie antworteten: »Wir hatten beide letzte Nacht einen Traum, aber es gibt niemanden hier, der uns sagen könn-

te, was unsere Träume bedeuten.« »Nur Gott kann Träume deuten«, entgegnete Josef. »Erzählt mir, was ihr geträumt habt.«

9 Der oberste Mundschenk erzählte seinen Traum zuerst. »In meinem Traum«, begann er, »sah ich einen Weinstock.

10 Er hatte drei Ranken, die zu knospen und zu blühen begannen, und schon bald hing der ganze Stock voller reifer Trauben.

11 In meiner Hand hielt ich den Weinbecher des Pharaos. Ich nahm die Trauben und presste den Saft hinein. Dann reichte ich den Becher dem Pharao.«

12 »Ich sage dir, was der Traum bedeutet«, entgegnete Josef. »Die drei Ranken bedeuten drei Tage.

13 Innerhalb von drei Tagen wird der Pharao dich aus dem Gefängnis holen lassen und dich wieder in deine Stellung als obersten Mundschenk einsetzen.

14 Denk an mich, wenn es dir wieder gut geht! Erzähl dem Pharao von mir und bitte ihn, mich hier herauszuholen.

15 Denn ich wurde aus meiner Heimat, dem Land der Hebräer, entführt. Und jetzt sitze ich hier im Gefängnis, obwohl ich nichts Unrechtes getan habe.«

16 Als der oberste Bäcker sah, dass der Traum des Mundschenks eine so gute Bedeutung hatte, erzählte auch er Josef seinen Traum. »In meinem Traum«, sagte er, »trug ich drei Körbe mit Gebäck auf dem Kopf.

17 Im obersten Korb waren alle möglichen Backwaren für den Pharao. Da kamen Vögel und fraßen den Korb leer.«

18 »Ich sage dir, was das bedeutet«, meinte Josef. »Die drei Körbe bedeuten drei Tage.

19 In drei Tagen wird der Pharao dich aus dem Gefäng-

nis holen und dich hängen lassen. Dann werden Vögel kommen und dein Fleisch fressen.«

20 Drei Tage später hatte der Pharao Geburtstag. Er gab ein Festmahl für seinen ganzen Hofstaat und ließ den obersten Mundschenk und den obersten Bäcker aus dem Gefängnis holen.

21 Den obersten Mundschenk setzte er wieder in sein früheres Amt ein.

22 Den Bäcker jedoch ließ er aufhängen, ganz so, wie Josef es vorausgesagt hatte.

23 Der Mundschenk dachte nicht mehr an Josef, sondern vergaß ihn.

Kapitel 41
Pharaos Träume

1 Zwei Jahre später träumte der Pharao, dass er am Nilufer stand.

2 In dem Traum stiegen plötzlich sieben fette, gesunde Kühe aus dem Fluss und begannen am Ufer zu weiden.

3 Dann stiegen sieben magere, hässliche Kühe aus dem Fluss und stellten sich neben die sieben fetten Kühe.

4 Und die mageren, hässlichen Kühe fraßen die fetten, gesunden Kühe auf. Da erwachte der Pharao.

5 Bald schlief er wieder ein und hatte einen zweiten Traum: Sieben Ähren wuchsen auf einem einzigen Halm und jede einzelne Ähre war schön und prall gefüllt.

6 Dann plötzlich wuchsen sieben weitere Ähren an dem Halm, doch diese waren verkümmert und vom Ostwind vertrocknet.

7 Die verkümmerten Ähren verschluckten die sieben schönen Ähren. Da erwachte der Pharao und merkte,

dass es ein Traum gewesen war.

8 Am nächsten Morgen war der Pharao sehr beunruhigt über die Bedeutung der Träume. Er ließ alle Wahrsager und Gelehrten Ägyptens zu sich kommen und erzählte ihnen seine Träume. Aber keiner von ihnen konnte sie deuten.

9 Da sprach der Mundschenk beim König vor. »Majestät, heute ist mir mein Versäumnis wieder eingefallen«, sagte er.

10 »Vor einiger Zeit, als Sie auf den obersten Bäcker und mich zornig waren, haben Sie uns ins Gefängnis werfen lassen.

11 Eines Nachts hatten der Bäcker und ich einen Traum und jeder Traum hatte eine Bedeutung.

12 Wir erzählten die Träume einem jungen Hebräer, einem ehemaligen Sklaven des Oberbefehlshabers der königlichen Leibwache. Er sagte uns, was unsere Träume bedeuteten,

13 und alles traf genauso ein, wie er vorausgesagt hatte. Ich wurde wieder in meine Stellung als Mundschenk eingesetzt und der oberste Bäcker wurde gehängt.«

14 Sofort schickte der Pharao nach Josef und er wurde schnell aus dem Gefängnis herbeigeholt. Josef ließ sich die Haare schneiden, wechselte seine Kleider und trat vor den Pharao.

15 »Letzte Nacht hatte ich einen Traum«, erzählte der Pharao ihm, »und keiner kann mir sagen, was er bedeutet. Doch ich habe gehört, dass du Träume deuten kannst, deshalb habe ich dich rufen lassen.«

16 »Es steht nicht in meiner Macht, das zu tun, Majestät«, antwortete Josef, »nur Gott kann es. Aber er wird Ihnen sicher etwas Gutes ankündigen.«

17 Der Pharao erzählte ihm den Traum. »Ich stand am Ufer des Nils«, sagte er.

18 »Plötzlich stiegen sieben fette, gesunde Kühe aus dem Fluss und begannen am Ufer zu weiden.

19 Dann stiegen sieben weitere Kühe aus dem Fluss. Sie waren dünn und ausgemergelt - ich habe in ganz Ägypten noch nie so hässliche Tiere gesehen.

20 Diese mageren Kühe fraßen die sieben fetten auf, die zuerst aus dem Wasser gestiegen waren.

21 Aber danach waren sie trotzdem noch genauso hässlich und mager wie zuvor! Dann erwachte ich.

22 Ich schlief wieder ein und hatte einen zweiten Traum. An einem Halm wuchsen sieben schöne, pralle Ähren.

23 Nach ihnen wuchsen sieben verkümmerte, vom Ostwind vertrocknete Ähren aus dem Halm.

24 Und die vertrockneten Ähren verschlangen die schönen! Ich habe die Träume meinen Wahrsagern erzählt, aber keiner von ihnen konnte mir sagen, was sie bedeuten.«

25 »Beide Träume bedeuten dasselbe«, sagte Josef zum Pharao. »Gott hat Ihnen durch sie mitgeteilt, was er tun wird.

26 Die sieben fetten Kühe und die sieben schönen Ähren stehen für sieben reiche, fruchtbare Jahre.

27 Die sieben mageren, hässlichen Kühe und die sieben vertrockneten Ähren stehen für sieben Hungerjahre.

28 Gott hat Ihnen gezeigt, was er tun wird.

29 In den nächsten sieben Jahren wird es in ganz Ägypten reiche Ernten geben.

30 Nach ihnen werden jedoch sieben Jahre des Hungers kommen. Sie werden so schwer sein, dass der Überfluss

vergessen sein wird. Der Hunger wird das Land aufzehren.

31 Die Hungersnot wird so schrecklich sein, dass sich niemand mehr an die guten Jahre erinnern wird.

32 Dass Sie den Traum zweimal geträumt haben, bedeutet, dass diese Ereignisse bei Gott beschlossene Sache sind und dass er sie bald eintreten lassen wird.

33 Mein Rat lautet, dass Sie sich einen weisen Mann suchen und ihn über ganz Ägypten setzen.

34 Der Pharao sollte Minister ernennen, die in den sieben guten Jahren den fünften Teil der Ernte als Steuern einziehen.

35 Sie sollen alles Getreide der sieben guten Jahre in den königlichen Vorratshäusern in den Städten sammeln und aufbewahren.

36 Auf diese Weise wird es genug Vorrat für die sieben Hungerjahre geben und das Volk wird nicht verhungern.«

Josef wird Stellvertreter des Pharaos

37 Josefs Vorschlag fand Gehör beim Pharao und seinen Beratern.

38 Als sie beratschlagten, wer für diese Aufgabe ernannt werden sollte, sagte der Pharao: »Wer könnte besser dafür geeignet sein als Josef? Denn er ist ein Mann, der ganz offensichtlich vom Geist Gottes erfüllt ist.«

39 Und er wandte sich an Josef und sagte: »Da Gott dir die Bedeutung der Träume offenbart hat, musst du der weiseste Mann im ganzen Land sein!

40 Hiermit ernenne ich dich zu meinem Stellvertreter. Mein Volk soll deinen Anweisungen gehorchen. Nur ich allein werde im Rang noch über dir stehen.«

41 Und der Pharao sagte zu Josef: »Hiermit gebe ich dir Vollmacht über ganz Ägypten.«

42 Dann steckte er ihm seinen königlichen Siegelring an den Finger. Er gab ihm kostbare Gewänder und legte ihm eine goldene Kette um den Hals.

43 Außerdem stellte er Josef einen zweisitzigen Wagen zur Verfügung. Und wo immer er hinkam, ließ man ausrufen: »Werft euch vor ihm nieder!« So erhielt Josef die Vollmacht über ganz Ägypten.

44 Und der Pharao sagte zu Josef: »Ich bin der König, aber ohne deine Zustimmung soll niemand in Ägypten auch nur eine Hand oder einen Fuß heben.«

45 Der Pharao gab Josef den Namen Zafenat-Paneach1 und gab ihm Asenat zur Frau. Sie war die Tochter von Potifera, dem Priester von On. So übernahm Josef die Regierungsgewalt über ganz Ägypten.

46 Er war 30 Jahre alt, als er der Stellvertreter des Pharaos, des Königs von Ägypten, wurde. Josef verließ den Pharao und reiste durchs ganze Land.

47 In den nächsten sieben Jahren gab es überall reiche Ernten.

48 In diesen Jahren zog Josef einen Teil der Ernte aus ganz Ägypten ein und ließ sie in die Vorratshäuser der Städte bringen, in jede Stadt den Ertrag der sie umgebenden Felder.

49 Nach sieben Jahren waren die Getreidespeicher bis zum Rand gefüllt. Es gab Korn wie Sand am Meer, so viel, dass man es nicht mehr abmessen konnte.

50 In dieser Zeit vor der Hungersnot bekamen Josef und

seine Frau Asenat zwei Söhne. Asenat war die Tochter von Potifera, dem Priester von On.

51 Josef nannte seinen ältesten Sohn Manasse, denn er

sagte: »Gott hat mich all meinen Kummer und die Familie meines Vaters vergessen lassen.«

52 Seinen zweiten Sohn nannte er Ephraim, denn er sagte: »Gott hat mir im Land meiner Leiden Kinder geschenkt.«

53 Schließlich gingen die sieben Jahre des Überflusses zu Ende.

54 Danach begannen die sieben Hungerjahre, so wie Josef es vorausgesagt hatte. Auch in den angrenzenden Ländern herrschte Hungersnot, aber in Ägypten waren die Vorratshäuser gefüllt.

55 Doch auch in Ägypten begannen die Menschen schließlich zu hungern. Sie flehten den Pharao um Nahrung an und er sagte zu ihnen: »Geht zu Josef und tut, was er euch sagt.«

56 Als die Hungersnot immer drückender wurde, ließ Josef die Vorratshäuser öffnen und verkaufte den Ägyptern das Getreide.

57 Auch die Menschen aus den benachbarten Ländern kamen nach Ägypten, um Getreide bei Josef zu kaufen, denn auf der ganzen Welt herrschte großer Hunger.“

Soweit der biblische Bericht über das weitere Leben Josefs, des Lieblingssohnes von Jakob.

Dieser Jakob war der Stammvater aller Israeliten, weil sein Name ja durch Gott selbst von >Jakob< in den Namen: >Israel< umbenannt wurde.

Die große Hungersnot führte dazu, dass sich Josefs Brüder auch auf den Weg nach Ägypten machen mussten.

Kapitel 31 - **Israels Söhne in Ägypten**

Zu dieser Zeit war der Weg nach Ägypten für alle Menschen in den umliegenden Ländern lebensnotwendig. So auch für Jakob und alle die zu ihm gehörten. Darum schickte er seine Söhne mit genügend Geld zum Getreidekauf.

Mit dem Wissen, das wir nun bereits haben, ist für uns alle vorstellbar, dass gerade die Erfüllung von Josefs Träumen begann. Er hatte eine Position erhalten, vor der sich alle beugen mussten.

So auch seine Brüder, die ihn überhaupt nicht erkannten, als sie ihm begegneten. Josef jedoch erkannte sie sofort und weinte heimlich. Doch er testete die Brüder mit ungewöhnlichen Mitteln und spielte den strengen Herrscher, der sie über ihre Familie aushorchte. Darum forderte er auch, dass beim nächsten Kommen ihr jüngster Bruder dabei sein solle. Es war ihm wichtig zu sehen, wie sie mit seinem direkten Bruder Benjamin umgehen würden. Natürlich war ihr Vater Jakob nicht begeistert davon, den einzig verbliebenen Sohn seiner Lieblingsfrau mitreisen zu lassen. Doch als es keinen anderen Ausweg mehr gab, weil alles Essen verbraucht war, willigte er schließlich ein.

Bei dieser Reise offenbarte sich Josef seinen Brüdern, was eine unsagbare Angst bei denen hervorrief. Sie glaubten nicht, dass dieser große Herrscher ihnen vergeben würde, doch Josef tat das, was Gott gefiel. Er vergab und schenkte seinen Brüdern aus dieser Vergebung heraus seine bedingungslose Liebe.

Der Pharao hörte von der Verwandtschaft Josefs und erlaubte, dass diese ganze Familie nach Ägypten einwanderte. Er stellte ihnen Land zur Verfügung, damit sie fortan dort leben konnten. Jakob weinte und war sehr glücklich, als er seinen Sohn Josef wieder in die Arme schließen konnte. Die Träume Josefs hatten sich nach sehr vielen Jahren und sehr vielen Erniedrigungen erfüllt.

Diese ganze Geschichte kann in 1. Mose Kap. 42 – 45 nachgelesen werden.

Nachfolgend können wir noch lesen, dass der Gott des Himmels an Jakob, der ja den Namen Israel erhalten hatte, ein weiteres Versprechen für dessen Nachkommen gab. Nämlich genau das gleiche Versprechen, das bereits dessen Großvater Abraham erhalten hatte:

„1. Mose, Kapitel 46, Verse 1 – einschl. 7

Jakobs Reise nach Ägypten

1 Also brach Jakob nach Ägypten auf. Seinen ganzen Besitz nahm er mit. Als er nach Beerscheba kam, opferte er dem Gott seines Vaters Isaak Schlachtopfer.

2 In der Nacht sprach Gott in einer Vision zu ihm: »Jakob! Jakob!« »Ja, Herr! «, antwortete Jakob.

3 »Ich bin Gott«, sprach er, »der Gott deines Vaters. Hab keine Angst, nach Ägypten zu gehen, denn ich werde dei-

ne Nachkommen dort zu einem großen Volk machen.

4 Ich gehe mit dir nach Ägypten und ich werde deine Nachkommen wieder hierher zurückbringen. Du aber wirst in Ägypten sterben und Josef wird dir nach deinem Tod die Augen zudrücken. «

5 Jakob verließ Beerscheba. Seine Söhne setzten Jakob, ihre Kinder und ihre Frauen auf die Wagen, die der Pharao ihnen geschickt hatte.

6 Und sie nahmen all ihr Vieh mit und ihren Besitz, den sie im Land Kanaan erworben hatten. Jakob und seine ganze Familie trafen in Ägypten ein -

7 Söhne und Töchter, Enkelsöhne und Enkeltöchter -, alle seine Nachkommen brachte Jakob mit sich nach Ägypten."

Verse: 26 + 27

„26 Insgesamt zogen 66 direkte Nachkommen von Jakob mit ihm nach Ägypten, dazu noch die Ehefrauen seiner Söhne.

27 Josef hatte auch zwei Söhne, die in Ägypten geboren waren. Alles in allem kamen also 70 Mitglieder von Jakobs Familie nach Ägypten."

Der damalige Pharao war ein überaus liebevoller Mensch. Josef war ihm sehr wertvoll und wichtig, sonst hätte er dessen Familie nicht so offen empfangen. Zuvorkommend wurden besonders der Vater und die Brüder von Josef behandelt.

Als Jakob starb, durfte Josef seinen Vater in ihrer alten Heimat, in Kanaan, begraben. Viele Ägypter begleiteten diesen Trauerzug und trauerten selbst auch um Jakob. Die ganze Verwandtschaft kehrte nach der achttägigen Trauerfeier wieder mit den Ägyptern und mit Josef um und lebte nun ohne den alten Vater weiterhin in der neuen Heimat.

In der Bibel >Schlachter 2000<, kann man in 2. Mose 12, 40 lesen, dass sie insgesamt 430 Jahre dort in Ägypten verbrachten:

> „Die Zeit aber, welche die Kinder Israel in Ägypten gewohnet hatten, betrug 430 Jahre."

Auch in der Neuen Evangelistischen Übersetzung, sowie der Elberfelder- und der Lutherübersetzung von 1912 ist der gleiche Wortlaut zu finden. Wie wir nachfolgend lesen können, beschreibt auch Martin Luther in seiner letzten Handschrift von 1545 den gleichen Inhalt:

> „DJE zeit aber / die die kinder Jsrael in Egypten gewonet haben / ist vier hundert vnd dreissig jar"

Hier wird ganz klar ausgedrückt, dass es sich bei diesen 430 Jahren um die Zeit handelt, in der Jakobs Nachkommen in Ägypten lebten.

Manche Bibellehrer berechnen den Beginn dieser 430 Jahre bereits ab der Verheißung, die Gott Abraham für seine Nachkommen gab. Es ist mir nicht bekannt, woher sie dieses Wissen haben, doch sollten wir darüber nicht streiten.

Nach und nach verstarben alle direkt Beteiligten und die Nachkommen kannten die alte Heimat nur noch vom Erzählen. Der Josef so wohl gesonnene Pharao war natürlich auch längst verstorben und die lebenden Politiker wussten sicherlich nichts mehr von Josef, da es in den Jahren keinen so guten Nachrichtenservice gab wie in unserer Zeit. Darum war ihnen wohl auch nicht bekannt, wie und woher diese Ausländer in ihr Land gekommen waren. Da es sich sowieso >nur um Hirten< handelte, die in Ägypten generell verachtet wurden, wollte man wenigstens einen Nutzen von diesem Volksstamm haben. Darum verpflichtete man alle Nachkommen Jakobs zu Frondiensten. Fortan nannte man sie Hebräer, weil das in Ägypten zu der Zeit ein Wort für Ausländer war.

Wir haben ja schon gelesen, wie sehr Abraham an den Gott des Himmels glaubte und wie zuverlässig dessen Wort war. Selbst wenn oft Geduld benötigt wurde, so erfüllte sich letztendlich doch das Versprechen dieses Gottes. Genau so hatte Jakob ja auch das Versprechen erhalten, dass alle seine Nachkommen wieder in die alte Heimat zurückgeführt würden.

Die Wartezeit dafür stellte die Geduld des Volkes Israel jedoch auf eine noch härtere Probe, als es bei ihrem Stammvater gewesen war, denn ihr Fron-, bzw. Sklavendienst dauerte laut 1. Mose, Kapitel 15, Vers 13 immerhin 400 Jahre lang:

„Da ward zu Abram gesagt: Du sollst für gewiss wissen, dass dein Same fremd sein wird in einem Lande, das nicht ihm gehört; und daselbst wird man sie zu dienen zwingen und demütigen vierhundert Jahre lang." (Schlachterübersetzung)

Diese letzte Bibelstelle bezeugt, dass Gott bereits zu Abraham von der bevorstehenden Sklavenzeit seiner Nachkommen sprach.

Und auch hier stimmt die Jahreszahl mit den vorherigen 430 Jahren überein, denn hier geht es um die Zeit des Sklavendienstes – nicht um die Zeit des Aufenthaltes.

Das ist ein klares Zeichen dafür, dass Gott, wie schon am Anfang des Buches erwähnt, bereits die Zukunft von uns Menschen kennt.

Kapitel 32 - **Das Volk Israel**

Jakobs Kinder sind in den etwa 400 Jahren ihres Sklavendienstes zu einem großen Volk geworden. Nach der Anfangszeit, spitzte sich ihre Lage immer mehr zu, so dass die Qualen der täglichen, unbezahlten Arbeit, ständig anstrengender wurden. Sie schrien zu dem Gott ihrer Väter immer intensiver um Hilfe, weil sie diesen Druck, unter dem sie lebten, fast nicht mehr ertragen konnten.

In einer Zeit, in der alle ihre neu geborenen Jungen getötet wurden, damit sich das Volk nicht mehr so stark vermehren konnte, wurde einer dieser Jungen versteckt und auf wunderbare Art am Leben erhalten. (Die ganze Geschichte dazu könnt ihr im 2. Buch Mose, ab Kapitel 2 lesen)

Dieser Junge erhielt den Namen >Mose< und wurde von der Tochter des zu der Zeit lebenden Pharaos in einem, im Nil versteckten Körbchen gefunden, adoptiert und als Fürst erzogen.

Gott hatte jedoch mit Mose noch viel vor.

Irgendwann wurde ihm sicherlich erzählt, von welchem Volk er stammt, was ihn zu den Israeliten trieb, um eventuell Kontakte mit diesem Volk aufzubauen, oder um vielleicht seine wirkliche Familie zu finden.

Auf jeden Fall erlebte er dort, wie ein ägyptischer Aufseher einen israelischen Arbeiter erschlug.

Nachdem sich Mose vergewissert hatte, dass niemand zusah, tötete er daraufhin diesen Ägypter und verließ daraufhin schnell diesen Ort. Wieder bei seinem Volk, sah er am nächsten Tag, wie sich zwei Israeliten gegenseitig bekämpften. Er schritt ein, um sie voreinander zu schützen und bat jeden um Zurückhaltung, worauf ihn der Eine der Beiden fragte, ob er sie auch erschlagen wolle, wie am Tag zuvor den Ägypter.

Da bekam es Mose mit der Angst zu tun, weil er erkannte, dass seine Tat nicht unbemerkt geblieben war und er floh in ein anderes Land, in das Land Midian.

Die Midianiter waren, wie bereits in einem vorherigen Kapitel angedeutet, die Nachkommen eines Sohnes von Abraham und Ketura, der Frau nach Sarah. In 1. Mose, Kapitel 25 gleich zu Anfang kann man es lesen, dass einer der Söhne, die Abraham von Ketura geboren wurden, den Namen Midian trug. Laut biblischen Landkarten findet man das Land Midian im Osten von Ägypten. In Vers 6 steht, dass all diese Söhne von ihrem Vater schon zu dessen Lebzeiten mit Geschenken versehen und nach Osten in das Morgenland geschickt wurden, wo sie dann ihre eigenen Völker aufbauten.

Abraham handelte in diesem Fall genau so, wie er mit Ismael umgegangen war, was ihm sicherlich nicht leicht viel weil er alle seine Kinder liebte, aber den Sohn von Sarah, der ihm von Gott verheißen war, vor geschwisterlicher Eifersucht schützen wollte.

Dies lässt uns verstehen, was im Nahen Osten auch in der heutigen Zeit noch abläuft. Die Völker besitzen alle den gleichen Urvater, jedoch gibt es verschiedene Mütter.

Die Eifersucht ist jedoch eine Sucht, die darum eifert, immer selbst an erster Stelle zu sein. Auch das ist ein Ergebnis von satanischem Handeln an uns Menschen.

Doch kommen wir zurück zu Mose, einem Nachkommen von Jakobs Sohn Levi.

Der nahm dort eine Tochter des Priesters in Midian zur Frau, die ihm zwei Söhne geboren hatte. Mose selbst hütete die Schafe seines Schwiegervaters und wurde während dieser Arbeit von Gott in einen Dienst für das Volk Israel berufen.

Diesen Dienst wollte Mose nicht annehmen, doch Gott machte es ihm sehr deutlich, dass ER ihn dazu ausersehen hatte, SEIN erwähltes Volk aus Ägypten zu führen.

Mose war sich sicherlich sofort darüber im Klaren, was das für ihn bedeuten würde. Gott selbst verdeutlichte ihm dann auch gleich, dass es dabei um mehrere ernsthafte Gespräche mit dem Pharao gehen würde.

Zu dieser Zeit hatte Mose wohl noch nicht verstanden, dass er aus genau diesem Grund bereits als Kind bewahrt und in Pharaos Palast erzogen wurde. Er kannte dadurch die Sitten und Gebräuche, mit denen sein Dienst konfrontiert wurde. Nur ein Mann wie Mose konnte dem Pharao mit respekt- und würdevoller Autorität entgegentreten. Sein Bruder Aaron sollte ihm zur Seite stehen und an seiner Stelle das Reden übernehmen, weil Mose, wie er es ausdrückte, eine schwere Zunge hatte. Manche Bibelausleger sprechen dabei von einem Sprachfehler oder einem Stottern. Was auch immer es war, Gott hatte bereits vorgesorgt und durch Aaron Abhilfe geschaffen. ER bereitete ihn darum auch schon im Vorfeld darauf vor, was geschehen und wie der Pharao reagieren würde.

Mose war ein, von Gott selbst, auserwählter Führer und Vorsteher für das Volk Israel.

Kapitel 33 - **Mose und das Volk Israel**

Sicherlich waren in Moses Kopf, nach dieser Berufung, allerlei Gedanken aus der Vergangenheit vorhanden. Er besprach sich auch noch mit seinem Schwiegervater, der ebenfalls ein Nachkomme Abrahams, sowie ein gottesfürchtiger Mann war und der ihm riet, auf Gott zu hören. So machte sich Mose auf den Weg zurück nach Ägypten und traf unterwegs seinen Bruder Aaron, der durch die Anweisungen, die auch der von dem Schöpfer aller Menschen erhalten hatte, Mose bereits entgegenkam.

Bei seinem Volk in Ägypten angekommen, verlief alles so, wie Gott vorausgesagt hatte. Einige Zeit verging, bis es endlich soweit war, dass alle Nachkommen von Jakob Ägypten verlassen durften. Unmittelbar vor ihrem Auszug, erhielten die Israeliten eine direkte Lehre von Gott über die Bedeutung des Blutes. Sicherlich war ihnen zu der Zeit noch nicht ganz klar, auf was Gott sie vorbereiten wollte, denn sie sollten später verstehen können, welch ein Symbol das war und welch ein Schutz dieses Blut für sie hatte. Auch jeder Leser, dem dieses Sinnbild nicht bekannt ist, kann seine Bedeutung erst im weiteren Verlauf des Buches erkennen. Gott zeigte sich in dieser Zeit durch sehr viele Wunder und durch SEIN persönliches Eingreifen, zugunsten der Israeliten.

Endlich war der Auszug aus dem Land der Sklaverei geschafft.

Doch nun kamen viele andere Abenteuer und auch Veränderungen, mit denen das ganze Volk klar kommen musste. Oft konnte Mose durch Gottes Führung direkte Wunder vollbringen, so dass in schwierigen Situationen schnell Abhilfe geschaffen wurde. Aber das Volk war nicht sehr dankbar, wie es in unserem Leben auch manchmal der Fall ist. Sie rebellierten oft und waren unzufrieden – ja, sie wären manchmal sogar lieber wieder zurück in der Sklaverei gewesen.

Durch teilweisen Ungehorsam des Volkes gegen Gott, stagnierte ihre Reise oft und manchmal auch längere Zeit, so dass die Wanderung durch die Wüste, die normalerweise in kurzer Zeit hätte durchgeführt werden können, sehr viele Jahre dauerte – die Bibel spricht von 40 Jahren. Aber Gott sorgte trotzdem für dieses Volk, dessen Vorväter ER für sich erwählt und denen er versprochen hatte, für ihre Nachkommen da zu sein. Dies ist unter anderem an einem kleinen Beispiel zu erkennen, das kaum nennenswert ist gegenüber der Menge und Größenordnung aller anderer Wunder, die dieses Volk erlebte - sie brauchten in den ganzen Jahren z. B. keine neuen Kleider, sowie keine neuen Schuhe. Und hungern mussten sie auch nicht, weil ER, Gott selbst, für sie sorgte.

Während dieser Wanderschaft, gab Gott den Nachkommen Israels Gebote, wie sie leben und sich verhalten sollten. Von daher sind uns noch in der heutigen Zeit die 10 Gebote bekannt, die in jeder Bibel zu finden sind. Doch außerhalb dieser uns bekannten Gebote, gab es noch wesentlich mehr Verhaltensregeln, auch die Reinheit betreffend, von denen die Menschheit außerhalb des Judentums im Allgemeinen nicht viel Ahnung hat. Sie erhielten zusätzliche Anweisungen, wie sie ihre Sünden sühnen konnten. Dazu lesen wir im 3. Buch Mose ab dem 1. Kapitel, dass zur Sühnung von Sünden oft ein Tier zu schlachten war, dessen Blut zur Versöhnung mit Gott gebraucht wurde. Dabei legte der Sünder eine Hand auf den Kopf des Tieres und übertrug auf diese Weise seine Sünde auf das Tier, das dann für ihn getötet wurde. An anderer Stelle habe ich auch gelesen, dass der Priester eine Zwischenposition einnahm und eine seiner Hände auf den Kopf des Sünders legte und die andere Hand auf den Kopf des Tieres. Auf diese Weise übertrug er die Sünden von dem Menschen auf das Tier, das dann stellvertretend mit dessen Sünden starb. Ihr denkt jetzt vielleicht, dass das grausam war, doch auf diese Weise wollte Gott den entsprechenden Menschen vor dem Tod retten. Außerdem war es ein Sinnbild auf das, was dieser große Gott zur Hilfe der ganzen Menschheit noch geplant hatte. Um was es sich dabei handelte, werden wir in den nachfolgenden Kapiteln lesen können.

Vielleicht erinnert ihr euch noch daran, welch eine Bedeutung das Blut vor Gott hat. Wir haben am Anfang des Buches, unter der Überschrift: Geist und Seele, dieses Thema bereits intensiver behandelt.

Das Blut ist der Saft, der uns hier auf dieser Erde alle am Leben erhält und darum ist es vor Gott eine sehr wertvolle Flüssigkeit. Gottes Odem (Atem), der uns Menschen lebendig erhält, befindet sich auf seiner Wanderschaft durch unseren Körper, in diesem Blut. Mit SEINEM Odem kam das Leben in den Körper eines jeden Lebewesens und dieses Leben ist ja auch in unserem Blut vorhanden. Es erhält uns am Leben, denn ohne Blut kann niemand von uns auf dieser Erde existieren. Versteht ihr, welche Bedeutung dieser rote Saft in uns hat?

Wir alle, ob wir das verstehen können/wollen oder nicht, bestehen oder anders ausgesprochen, leben nur durch das Leben, das uns Gott von SEINEM Leben gegeben hat. Selbst wenn das viele Menschen nicht wahr haben wollen, ist es trotzdem eine feste Tatsache, die wir glauben sollten. Doch jeder trifft auch bei dieser Glaubenssache seine eigene Entscheidung, die für das Leben nach dem Auszug aus diesem Körper ausschlaggebend ist.

Nun haben wir auch bereits gelesen, dass nur das Blut, eben weil sich Leben darin befindet, für unsere Sünden bezahlen kann. Darum war es für einen Menschen nur dann möglich sündlos zu sein, wenn mit Leben für diese Sünde, also mit Blut, bezahlt wurde. Deshalb übertrug man die Sünden der Menschen sinnbildlich auf ein Tier, das dann an des Menschen Stelle sterben musste, um mit dessen Blut die betreffende Sünde zu löschen, oder anders gesagt, weg zu wischen. So, auf diese Weise, konnte der Mensch dann von seiner Sünde freigesprochen werden. In vielen Fällen wurde dazu ein Lamm gebraucht, das rein und sauber, also ohne Fehler und Missbildungen sein musste, weil solch ein Merkmal die Sünde symbolisiert hätte. Allerdings musste es sich dabei immer um ein männliches Tier handeln, was uns wieder an die Verantwortung des Mannes für seine Familie erinnert.

Da Gott dem ein Ende setzen wollte, weil es immer mehr Menschen und dadurch auch immer mehr Sünde in der Welt gab, was viel mehr Tieren das Leben gekostet hätte, verwirklichte ER einen anderen Plan. Der große Gott besorgte sich ein eigenes Lamm, das ebenfalls rein, ohne Fehler und Makel sein und letztmalig für die Sünden der ganzen Menschheit geopfert werden sollte. Dieses eine Opfer sollte ohne eigene Sünden sein und ein für alle Mal eine neue Tür zu Gott öffnen, durch die alle Menschen die das freiwillig tun, gehen können, um eine neue Verbindung zu dem Gott des Himmels aufzubauen.

Dieser Ausspruch: >ohne eigene Sünde<, erinnert uns auch wieder an die Zeit von Adam und Eva, als diese noch eine enge Verbindung zu Gott hatten. Genau auf diese Art und Weise sollte wieder eine Verbindung zu Gott für die Menschheit aufgebaut werden.

Kapitel 34 - **Das Lamm Gottes**

Gottes Plan war nicht nur ein unsagbar schwerer Schritt für IHN selbst, weil ER dabei ein sehr großes Opfer aus Liebe zu seinen Geschöpfen, also auch für dich und für mich, brachte, sondern für das Lamm ebenfalls, das ER sich ausgesucht hatte. Über dieses Lamm haben wir bereits in Johannes 1 gelesen, das dort als >Wort Gottes< bezeichnet wurde.

Hier möchte ich noch einmal einige Stellen aus dem jüdischen Neuen Testament aufschreiben, weil es da sehr verständlich formuliert ist. (Johannes 1 sollte als Gesamttext gelesen werden, hier nur einige Zitierungen – die einzelnen Verse werden vor dem jeweiligen Text angegeben – Dickschrift und Unterstreichungen sind meine Hervorhebung):

Die Rede ist hier von Johannes dem Täufer, der über das Lamm Gottes spricht:

Ab Vers 9:

Das war das wahre Licht, das jedem, der die Welt betritt, leuchtet. Er war in der Welt – die Welt wurde durch ihn – doch die Welt kannte ihn nicht.

Er kam in sein eigenes Heimatland, doch sein eigenes Volk nahm ihn nicht auf. Aber *all denen, die ihn annahmen, denen, die seiner Person und Macht vertrauten, gab er das Recht Kinder Gottes zu werden,* <u>nicht aufgrund</u>

von Abstammung, körperlichem Trieb oder menschlichem Vorsatz, sondern aufgrund von Gott.

Das Wort wurde ein menschliches Wesen und lebte bei uns, und wir sahen seine Schechinah (Herrlichkeit), die Schechinah des einzigen Sohnes des Vaters, voller Gnade und Wahrheit.

…….. Weiter Vers 29:

Am nächsten Tag sah Johannes Jesus zu ihm kommen und sagte: >Seht! Gottes Lamm! Der, der die Sünde der Welt fortnimmt!<

…….. weiter Vers 35:

Am nächsten Tag war Johannes wieder mit zwei seiner Talmidim (Jünger) zusammen. Als sie Jeschua (Jesus) vorübergehen sahen, sagte er: >Sieh! Gottes Lamm!<

Es handelt sich dabei, wie wir ja bereits in Kapitel 12 gelernt haben, um JESUS CHRISTUS den SOHN GOTTES, der ein intimes Teil von dem Gott des Himmels war und ist.

Wie groß muss Gottes Liebe zu uns Menschen sein, dass ER zu diesem Schritt für uns bereit war. ER gab einen Teil von sich selbst, damit noch einmal eine Tür geöffnet werden konnte, die es uns Menschen ermöglicht, Kontakt mit IHM aufzunehmen. GOTT sehnt sich nach dieser Gemeinschaft mit uns und genau darum war ER zu der angesprochenen Maßnahme bereit. Doch auch mit dieser Aktion wollte und will Gott die Menschen nicht überrumpeln, sondern jeder von uns, der es für sich selbst will, sollte eine Möglichkeit erhalten, über die er eine eigene Verbindung zu dem Gott des Himmels aufbauen konnte und noch immer kann.

Jesus Christus, das Lamm Gottes, war gehorsam und auch dazu bereit >JA VATER< zu sagen.

Im letzten Kapitel konnten wir von dem Opfertod für sündige Menschen durch ein Tier lesen. Sicher haben einige von euch gestöhnt und überlegt, welche Grausamkeit Gott da forderte. Doch im Nachhinein ist uns vielleicht verständlich warum das so war und dass der große Schöpfer nichts fordert, wozu ER nicht selbst auch bereit ist, es zu geben.

Nur Leben konnte die Sünde wegwischen und das Leben der Lebewesen befindet sich nun einmal, durch Gottes Gabe an die Menschheit, auch im Blut. All das haben wir bis jetzt lernen können.

Gott selbst scheute sich nicht, Schmerzen zu ertragen und einen Teil von sich selbst herzugeben, damit die mit Sünden beladene Menschheit ab diesem Zeitpunkt frei sein konnte, um mit IHM selbst eine erneute Wiedervereinigung erleben zu können. Eine neue Tür wurde von IHM dadurch geöffnet, durch die wir als Menschen gehen können, um noch einmal solch eine enge Beziehung aufzubauen, wie es bei Adam und Eva gewesen war.

Da sich die Menschen und deren Sünden auf der Erde vermehrten und Gott dem Tieropfer ein Ende bereiten wollte, musste ein anderer Weg gefunden werden. Allerdings konnte Sündenbefreiung nur durch Leben gebüßt werden und das befand sich eben im Blut der Geschöpfe Gottes. Gott wusste genau, dass eine Befreiung von Sünden für niemanden stattfinden konnte, wenn der Schuldner sein eigenes Blut hergab. In solch einem Fall wäre jeder Sünder für die Reinigung von seinen Sünden selbst gestorben, was noch nicht einmal als Sündenbefreiung gegolten hätte, weil es sich dabei um ein sündiges Leben handelte.

Genau aus diesem Grund musste ein Opfer ja auch unbefleckt sein, wenn es zur Reinigung eines Menschen dienen sollte.

Also hätte ein Mensch niemals für sich selbst sterben können, weil nur eine Sündlosigkeit zur Sündenbefreiung führte. Diese Voraussetzung bringt aber bis in unsere Zeit kein Mensch selbst mit, denn durch die Sündenvererbung unserer Vorfahren würde jeder automatisch mit seiner eigenen Schuld sterben, was dann laut Bibel Verdammnis, bzw. Hölle bedeutet. Doch das wollte Gott vermeiden, weil IHM die Menschen so wertvoll waren. SEINE Liebe zu diesen war sehr groß und darum war es SEINE Entscheidung noch einmal diese Tür zu öffnen, durch die sie gehen konnten, um sündlos zu IHM kommen zu können. Wir wissen, dass ER mit Sünde keine Gemeinschaft haben kann und sich auch darum bereits viele, viele Jahre zuvor von Adam und Eva trennte. Diese Trennung, die durch Sünde entstanden war, stand und steht immer noch zwischen den Menschen und IHM. Auch wenn in unserer Zeit heute ein Ungehorsam als Bagatelle (Kleinigkeit) betrachtet wird, ist es von Anfang an und auch heute noch, in Gottes Augen eine Sünde. Aus diesem Grund, sollte es eine letzte, einmalige Befreiungsaktion von Sünde geben, die für alle Zeiten ausreicht. Es handelte sich dabei um eine Aktion, die Gott, wie bereits erwähnt, sehr viel Schmerzen verursachte und die ein normaler, sündiger Mensch, niemals geschafft hätte. Anstelle von Tieren für einzelne Sünden, sollte nur noch ein einmaliges Opfer stattfinden und zwar für alle Sünden, aller Menschen, was eine einzigartige, immerwährende Gültigkeit besaß und auch heute noch besitzt.

Dazu lesen wir in 1. Mose 17, Verse 4 + 5, als Gott zu Abraham sprach:

> „Pass auf! Mein Bund sieht so aus: Du wirst zum Vater vieler Völker werden. … Denn ich habe dich zum Vater vieler Völker bestimmt.

Diese zuvor angesprochene Tür ist noch heute geöffnet und zwar für jeden von uns, der freiwillig diese Sündenbefreiung für sich in Anspruch nehmen will. Sofort nach dem Tod eines Menschen, ist diese Tür jedoch für alle Seelen geschlossen, die sie zu ihren Lebzeiten nicht genutzt hatten.

Manche von euch fragen jetzt vielleicht, wozu das nötig ist, wenn doch dieser Gott des Himmels so allmächtig ist? Wozu müssen wir dann noch Entscheidungen treffen, die eine erneute Verbindung zu IHM aufbauen? Warum wird dieser Kontakt nicht von IHM einfach wieder hergestellt, so, wie am Anfang? ER könnte das doch auch anders regeln und uns ohne weitere Handlungen von unseren Sünden befreien. Das hätte dieser große Gott sicherlich gekonnt, doch wo bliebe in dem Fall die Freiwilligkeit, die der Menschheit seit ewigem Gedenken zusteht? Damit wären wir alle automatisch zu Marionetten geworden, die selbst zu keiner Entscheidung mehr fähig gewesen wären. Hättet ihr das gewollt? Ich nicht! Die restlichen Fragen möchte ich hier mit Gegenfragen beantworten:

„Wer lebt denn mit Sünde? Etwa Gott selbst oder du, sowie ich?"

Gehörst du zu den Menschen, denen immer alle erledigten Probleme auf einem silbernen Tablett serviert werden? Der darum auch nicht selbst denken und sich entscheiden muss? Der seinen Verstand nur dann gebraucht, wenn er etwas erreichen und durchsetzen will? Oder bist du ein vollwertiger Mensch mit einem Willen, der die Fähigkeit besitzt, eigene Entscheidungen zu treffen?

Wer dazu fähig ist, der kann auch über den Verlauf seines weiteren Lebens entscheiden. Also jammere nicht!

Noch leichter geht es nicht/nirgends, wenn man aus der eigenen Sünde herauskommen möchte. Für jeden von uns hat Gott alle erforderliche Vorsorge getroffen, so dass wir Menschen uns nur noch entscheiden müssen wozu dann auch jeder seinen eigenen Willen nutzen kann, was dann automatisch wieder zur Freiwilligkeit führt.

Dass es sich in dieser Situation um sündigen Mist handelt, kann nicht abgestritten werden. Wie bereits am Anfang des Buches erwähnt, sitzen wir da alle im gleichen Boot – es gibt dabei keine einzige Ausnahme. Jeder trifft seine eigene Entscheidung in dieser Angelegenheit.

Wie bereits erwähnt, können wir in 3. Mose ab Kapitel 1 lesen, dass die Tiere für eine Opferung keine Fehler oder Missbildungen haben durften. Darum sollte auch das letzte, e i n z i g e Opfer, dieses Lamm Gottes, keinen Fehler haben und ohne Sünde sein.

„Also was willst du, der du diese Fragen stellst, eigentlich noch für Vorzüge? Niemand kann dir noch mehr Erleichterung verschaffen, als es Gott getan hat, denn ohne dieses Opferlamm bleibst du in deinen Sünden stecken! Und zwar freiwillig und für immer."

Wir haben auch bereits gelesen, dass dieses einzige, sündlose Lamm Gottes, SEINEN Sohn Jesus Christus, betraf.

DER war ohne Sünde in die Welt gekommen, was ja durch die Sündenvererbung niemals bei einem anderen Menschen möglich gewesen wäre. Doch wieso war es bei dem Sohn Gottes möglich?

Wie wir bereits lesen konnten, wird die Sünde der Väter schon immer an die Kinder vererbt. Doch der Sohn Gottes wurde nicht von einem Mann gezeugt, sondern durch den Heiligen Geist, also durch Gott selbst, der ja sündlos ist. Dazu lesen wir in Lukas, Kapitel 1, ab Vers 26, dass Gott seinen Sohn selbst in die Gebärmutter einer Jungfrau einpflanzte, was eine Sündenvererbung, die durch Adam entstanden war, verhinderte. Besonderen Wert legt Gott dabei sicherlich auf die Bezeichnung: >Jungfrau<, denn nur so war dieses Mädchen noch vollkommen rein. Nach menschlichem Ermessen ist es niemals möglich, dass eine Jungfrau ein Baby bekommt – eine junge Frau dagegen schon, aber in diesem angesprochenen Fall hatte keine sexuelle Berührung, wie wir sie kennen, stattgefunden. Bei Gott ist diese Möglichkeit durchaus gegeben, weil es bei IHM kein: >Unmöglich< gibt. Er ist ein Gott der solche Wunder vollbringen kann, wie wir bereits mehrmals erkennen konnten. Lesen wir aus der Bibel: >Neues Leben <:

> Als Elisabeth im sechsten Monat schwanger war, sandte Gott den Engel Gabriel nach Nazareth, in eine Stadt in Galiläa, zu einem Mädchen, das noch Jungfrau war. Sie

hieß Maria und war mit einem Mann namens Josef verlobt, einem Nachfahren von König David.

Gabriel erschien ihr und sagte: » Sei gegrüßt! Du bist beschenkt mit großer Gnade! Der Herr ist mit dir! «

Erschrocken überlegte Maria, was der Engel damit wohl meinte.

Da erklärte er ihr: »Hab keine Angst, Maria, denn du hast Gnade bei Gott gefunden. Du wirst schwanger werden und einen Sohn zur Welt bringen, den du Jesus nennen sollst. Er wird groß sein und Sohn des Allerhöchsten genannt werden. Gott, der Herr, wird ihn auf den Thron seines Vaters David setzen. Er wird für immer über Israel herrschen, und sein Reich wird niemals untergehen! «

Maria fragte den Engel: »Aber wie kann ich ein Kind bekommen? Ich bin noch Jungfrau. «

Der Engel antwortete: » Der Heilige Geist wird über dich kommen, und die Macht des Allerhöchsten wird dich überschatten. Deshalb wird das Kind, das du gebären wirst, heilig und Sohn Gottes genannt werden. Sieh doch: Deine Verwandte Elisabeth ist in ihrem hohen Alter noch schwanger geworden! Die Leute haben immer gesagt, sie sei unfruchtbar, und nun ist sie bereits im sechsten Monat.

Denn bei Gott ist nichts unmöglich. «

Maria antwortete: » Ich bin die Dienerin des Herrn und beuge mich seinem Willen. Möge alles, was du gesagt hast, wahr werden und mir geschehen. « Darauf verließ der Engel sie.

Der Gehorsam, den dieses Mädchen ausdrückte, zeugt von einer völligen Hingabe und sehr großem Vertrauen auf Gott, denn zu der Zeit war es lebensgefährlich, ein uneheliches Kind zu bekommen – genauso würde die Menschheit um sie herum das ja sehen, da ihnen die entsprechende Erkenntnis fehlte.

Es gibt Menschen, die behaupten, es sei unmöglich, dass Gott mit einer Frau sexuellen Kontakt gehabt habe.

Diesen Menschen möchte ich nachfolgend mit dem vorangegangenen Text antworten, in dem es heißt, dass der Heilige Geist, der ja ein Teil der Gottheit ist, das Mädchen Maria überschattete. Noch mal: es gab keine menschlich gesehene Sexualität zwischen ihnen. Hier steht ganz klar, dass der Heilige Geist über Maria kam und die Macht, wohlgemerkt: >die Macht< des Allerhöchsten sie überschatten würde. Das ist ebensolch ein Wunder wie die Schöpfung selbst. Dabei denken wir an die Erschaffung des Himmels mit Sonne, Mond und Sternen, sowie der Erde, der Tiere, der Pflanzen oder eines Menschen mit allen vorhandenen Einzelteilen. Gottes Größe ist unbegrenzt. Nur bei der Formung des Menschen wurde Gott handwerklich tätig. Bei allen anderen

Gegenständen, egal wie groß sie sind, sprach Gott nur ein Wort und genau dieses Wort wurde, wie in dem hier erwähnten Fall, tätig. Oder denken wir zurück an Sarah und Abraham. Sie waren zu der Zeit, als Isaak gezeugt wurde, nach menschlichem Denken nicht mehr in der Lage dazu. Doch Gott hatte ein Wunder versprochen, das ER, dieser große Schöpfer, auch ausführte. Etwa dreißig Jahre später, konnte Abraham immer noch Kinder zeugen.

Wie bereits angesprochen, gibt es bei Gott keine Unmöglichkeit, das können wir in dem vorangegangenen Bibelvers ebenfalls lesen. Darum zählt bei jeglicher Schöpfung kein Gegenargument. Hier fordert der große Gott des Himmels einen kindlichen Glauben von uns. Es geht dabei um einen Glauben, den ER einmal jedem Menschen belohnen wird. Niemand konnte jemals einen Gegenbeweis erbringen, der auf Dauer Bestand hatte. Aber Gott schenkt zu jeder Zeit, Wunder SEINER Allmacht, die nicht wegzudiskutieren sind, auch wenn das viele Menschen trotzdem immer wieder versuchen.

Eigentlich erwartet ER von jedem von uns nur diesen bedingungslosen Glauben, wie etwa an seine Schöpfungskraft, die wir bereits an all den unendlichen Bildungen wie etwa Herz, Nieren, Blutgefäße, Gehirn usw. sehen. Wer sich diese Kombination und solch eine Genauigkeit der Zusammensetzung, sowie die entsprechenden Funktionen anschaut, wird ohne weitere Argumente verstehen, dass so etwas Hervorragendes und Umfangreiches niemals von selbst hatte entstehen können, denn dahinter steckt eine sehr große Intelligenz und Logik – keine Selbstproduktion.

Maria, diese Jungfrau, die die Mutter des Sohnes Gottes werden sollte und dann auch wurde, war ein sehr gläubiges und Gott hingegebenes junges Mädchen, sonst wäre sie von Gott nicht ausgewählt worden die Mutter seines Sohnes zu werden. Sie respektierte diesen großen Gott und SEIN Handeln generell, nicht nur in dem angesprochenen Fall. Auch kannte sie die Gebote, die über Mose an die Menschen gegeben wurden und hätte sich niemals dagegen ausgesprochen, oder dagegen gehandelt.

Nirgendwo in der Bibel ist übrigens zu lesen, dass ihr durch die Geburt des Sohnes Gottes, die Ehre der Anbetung zuteilwurde. Wir sollen sie achten, für das was sie tat - wozu sie bereit war, doch alles andere wäre Götzendienst, denn die Bibel gibt ganz klar vor, dass außer der Gottheit im Himmel niemand angebetet werden darf. Eine Ableitung aus den 10 Geboten, die wir im 2. Mose, Kapitel 20 finden, ist auch im Neuen Testament, in 2. Korinther, Kapitel 5, Vers 1 vorhanden. Da steht:

> "Ihr sollt euch keine nichtigen Götzen machen, euch kein Gottesbild und keine Steinsäule aufstellen, auch keine Steine mit eingemeißelten Bildern, um euch davor niederzuwerfen, denn ich bin Jahwe, euer Gott."

In der ganz alten, letzten handschriftlichen Bibelübersetzung von Luther aus dem Jahre 1545, lesen wir dazu in den 10 Geboten:

> [1] VNd (und) Gott redete alle diese worte. [2] JCH bin der HERR / dein Gott / der ich dich aus Ägyptenland / aus dem Diensthause gefürt habe. [3] DV (du) solt kein andere Götter neben mir haben. [4] Du solt dir kein Bildnis noch jrgend ein Gleichnis machen / weder des das oben im Himel / noch des das vnten (unten) auff Erden / oder des das im Wasser vnter der erden ist. [5] Bete sie nicht an / vnd (und) diene jnen (ihnen) nicht / Denn ich der HERR dein Gott / bin ein eyueriger (soll wohl >eifersüchtiger< heißen) Gott.

Wenn auch hier von der Befreiung der Israeliten aus Ägypten die Rede ist, zählt diese Bibelstelle doch für alle Menschen auf der ganzen Welt. Dazu lesen wir in Galater 3 ab Vers 7, also im Neuen Testament:

> Begreift doch: Die aus dem Glauben leben, sind Abrahams Kinder! Die Schrift hat vorausgesehen, dass Gott die nichtjüdischen Völker durch den Glauben gerecht sprechen würde, und verkündigte deshalb dem Abraham schon im Voraus die gute Botschaft: "Durch dich werden alle Völker gesegnet werden." (Diese Aussage gibt klar zu verstehen, dass Jesus dem jüdischen Volk entstammt, denn Abraham war der Stammvater aller Juden und Israeliten). Folglich werden

die, die auf den Glauben bauen, zusammen mit dem gläubigen Abraham gesegnet.

Der, in dieser Bibelstelle, angesprochene Glaube, betrifft auch den Glauben an die Opferung des Lammes Gottes, also an Jesus Christus den Sohn Gottes und SEINE Tat der Rettung für alle Menschen. Nur wer das wirklich glaubt und die Befreiung seiner eigenen Sünden durch das vergossene Blut des Opferlammes für sein Leben in Anspruch nimmt, wird durch die geöffnete Tür gehen und dadurch den Weg zum Vater im Himmel betreten können.

Dass es sich dabei nicht nur um das Volk der Israeliten handelt, die sich ja in dieser Erbfolge von Abraham, Isaak und Jakob befinden, haben wir gerade festgestellt.

Kapitel 35 - **Das Endergebnis – die Realität**

Wie uns ebenfalls bereits bekannt ist, hatte Gott seinen Sohn aus der Sündenvererbung ausgeklammert und der wurde dadurch zu dem einzigen, sündlosen Menschen, der je lebte. Das war eine Ausnahme, die es danach nie wieder gab.

Natürlich gibt es Menschen, die auch das nicht glauben wollen. Jeder einzelne von uns kann in dieser Sache nach seinem Tod erkennen, wer Recht hatte, die Bibel oder er selbst. Doch dann wird es für eine entgegengesetzte Entscheidung zu spät sein, weil die nur zu unseren Lebzeiten, wie bereits mehrmals erwähnt: durch Glauben, möglich ist. Darum sollte es uns allen sehr wichtig sein, während unserem Aufenthalt hier in dem Haus aus Erde, die richtige Wahl zu treffen.

ER, der Sohn Gottes, Jesus Christus, war also das Lamm zur Opferung, damit eine neue Tür für die Menschen zu diesem wahren, einzigen, großen Gott im Himmel geöffnet werden konnte. Nur durch dieses Opfer sollte es uns Menschen möglich sein, wieder eine Verbindung zu dem großen Schöpfer aufzubauen.

Wir dürfen, so wie wir unsere Sünden erkennen, zu Gottes Lamm kommen, diese vor IHM bekennen (das heißt offen aussprechen), sie bei IHM abladen und um Befreiung davon, sowie um Reinigung bitten. Wenn wir wirklich alles, auch das, an was wir uns zur Zeit nicht mehr erinnern, bekennen wollen, wird es uns der Geist Gottes ins Gedächtnis rufen und neue Erkenntnis darüber schenken. Darum ist es wichtig, diesen Weg manchmal auch in kleinen Schritten zu gehen und dafür öfter durch die Erinnerung des Geistes Gottes an diesen Dingen zu arbeiten. Erkenntnis darüber trifft uns manchmal unvorbereitet, aber die darf dann trotzdem nachträglich ebenfalls in Verbindung mit dem Lamm Gottes bearbeitet und bereinigt werden. Wichtig ist, dass wir bereit dazu sind, unsere vergangenen Sünden erkennen zu wollen und dann auch darauf zu reagieren, wenn sie uns bewusst werden. In dieser Sache ist Gott ebenfalls sehr großzügig, denn wo es erforderlich ist, hilft ER dabei, nach unserer erhaltenen Vergebung weitere, wichtige Aufarbeitung zu betreiben – dann, wenn die entsprechende Vergangenheit in uns wach wird. Solch eine erkannte Vergangenheit sollten wir der Güte Gottes zuschreiben, weil es dabei um wichtige Punkte in unserem Leben geht, die einer Bereinigung bedürfen. Diese Möglichkeit wurde/wird uns allen gegeben, wir müssen nur unsere Schuld erkennen **wollen**, diesen Weg zu dem Lamm Gottes gehen und unsere Sünden bekennen. Danach um Vergebung dieser eigenen Sünden und um unsere Reinigung davon bitten. Sofort danach sollten wir danken und uns über die Befreiung von dieser Sünde freuen.

Ein kleines Beispiel zur Verdeutlichung:

Stellt euch vor ihr habt eine Tafel, auf der alle eure Sünden aufgelistet sind. Der Tafeldienst kommt und wischt diese rein. Das ist jederzeit möglich. Genauso ist es auch mit unseren Sünden. Sobald wir unsere Sünden erkennen, zu Jesus dem Lamm kommen, unsere Sünden bekennen, sowie um Vergebung und Reinigung bitten, wird dieses Lamm tätig. Jesus nimmt den Schwamm und reinigt die ganze Tafel von allen bekannten Sünden, so dass eine perfekte Sündenlöschung stattfindet.

> Doch wenn wir unsere Sünden bekennen, zeigt Gott sich treu und gerecht: Er vergibt uns die Sünden und reinigt uns von allem Unrecht. 1. Johannes 1, Vers 9

Dazu brauchen wir keine Religion und keine Kirche, sondern ein Reden mit Gott, was als Gebet bezeichnet wird. Kein auswendig gelerntes Gebet, sondern ein Reden, wie mit einem Freund. Das ist eine Möglichkeit, die uns von Gott selbst geschenkt wurde, damit wir wieder zu solch einer Verbindung mit IHM kommen können, wie sie einst Adam und Eva hatten. Lasst uns dabei auch an das Telefon denken, von dem wir bereits lasen. Die Verbindung dieses Telefons von uns zu Gott, wurde durch die Sünde Adams, die uns ja allen anhängt, durchtrennt. Obwohl das Telefon, also unser Geist in uns, noch vorhanden ist, wurde die Leitung mit dem Direktanschluss zu Gott gekappt. Es bestand danach keine Verbindung mehr zwischen Gott und uns. Doch jetzt, nachdem ER allen Menschen durch SEIN Lamm einen neuen Zugang zu IHM ermöglicht hat, können wir dieses

Geschenk aus SEINER Hand annehmen und einen neuen Telefonkontakt aufbauen. Die Leitung wird durch die Sündenlöschung wieder repariert, so dass eine neue Verbindung zu dem Gott des Himmels, über den Geist Gottes, vorhanden sein kann. Aber der Geist Gottes wird erst dann tätig, wenn wir zuvor, mit Glauben an Gottes Plan, bei dem Lamm waren und um Vergebung, sowie Reinigung durch dessen Blut gebeten hatten. Erst nach dieser Aktion, können wir den Vater bitten, dass ER durch den Heiligen Geist an dieser Verbindung tätig wird, damit wir wieder eine Gemeinschaft mit IHM selbst aufbauen können.

Alle Menschen mit einer Behinderung, denen das Verständnis dafür fehlt, sowie alle Kinder, die in ihrer Entwicklung nicht oder noch nicht so weit sind, solch eine Entscheidung selbst zu treffen, werden bei ihrem Tod automatisch bei Gott sein; denn Jesus selbst sagte ja während seiner Zeit auf der Erde:

> „Doch Jesus rief sie zu sich und sagte: "Lasst doch die Kinder zu mir kommen und hindert sie nicht daran! Gottes Reich ist ja gerade für solche wie sie bestimmt. Ich versichere euch: Wer Gottes Reich nicht wie ein Kind annimmt, wird nie hineinkommen." (Lukas 18, ab Vers 16 – Neue Evangelistische Übersetzung)

Wie nimmt ein Kind das Wort Gottes an?

Durch Glauben und Vertrauen, dass das, was der Vater/Gott in seinem Wort sagt, auch wirklich stimmt.

Doch kommen wir noch einmal zurück zur Sündlosigkeit von Gottes Lamm. Dazu lesen wir in 1. Johannes, Kapitel 3, Vers 5:

> „Ihr wisst, dass Er erschienen ist, um die Sünden fortzunehmen, und dass keine Sünde in IHM ist."

In 2. Korinther Kapitel 5, Vers 21, lesen wir:

> „Gott hat diesen sündlosen Menschen unseretwegen zu einem Sündopfer gemacht, damit wir in der Vereinigung mit ihm (mit Jesus) die volle Teilhabe an der Gerechtigkeit Gottes haben mögen."

Dazu lesen wir noch den 2. Teil aus Johannes 1,Vers 7:

> „.... Und das Blut seines Sohnes Jesus reinigt uns von aller Sünde."

Dieser Sohn Gottes lebte ein Leben auf der Erde, das nicht nur sündlos war, sondern auch sündlos blieb. ER war zu einem Menschen geworden, der sich kraftvoll gegen die Sünde stellte. Da in seinem Leben keine solche Vererbung stattgefunden hatte, besaß ER diese Kraft und konnte mit SEINEM Willen in Autorität allen Verführungen widerstehen. Obwohl all diese Dinge nicht nur uns begegnen, sondern auch IHM begegneten, blieb dieses Lamm Gottes tadellos und ohne Sünde. Genauso wie wir, musste auch ER sich in allen Dingen für Gut und gegen Böse entscheiden, doch war SEINE Wahl immer gegen die Sünde, was sein Leben sündlos hielt. Kraft SEINES reinen Blutes, das Er ja erst durch seine Menschwerdung bekam und über das ER selbst von dem Zeitpunkt an verfügte, war es IHM machbar gewesen, die Sünden der ganzen Menschheit zu tragen, um so eine Möglichkeit der Reinigung für deren Sünden zu schaffen. Genau darum ist Jesus Mensch geworden, denn ohne SEIN reines Blut wäre auch weiterhin keine Sündenbefreiung, für uns alle verfügbar. Dieses Wegwischen der Sünde ist jedoch nur dann möglich, wenn der jeweilige Mensch das auch bei sich selbst so will. Da kommen wieder dieser Wille und die Freiwilligkeit ins Spiel, über die jeder von uns verfügt.

KAPITEL 36 - **Die Befreiung**

Greifen wir noch einmal zurück zur Sündlosigkeit Jesu und lesen ein Beispiel in Lukas, Kapitel 4, ab Vers 1, dass, als Satan selbst an Jesus herantrat um IHN zu Fall zu bringen, ER diesem Versucher erfolgreich wiederstand.

Vom Heiligen Geist erfüllt, verließ Jesus den Jordan und ging in die Wüste. Der Geist hatte ihn dazu gedrängt. Vierzig Tage blieb er dort und wurde vom Teufel versucht. Während der ganzen Zeit hatte er nichts gegessen, sodass er am Ende sehr hungrig war. Da sagte der Teufel zu ihm: "Wenn du Gottes Sohn bist, dann befiehl diesem Stein hier, dass er zu Brot werde." Aber Jesus antwortete: "Nein, in der Schrift steht: 'Der Mensch lebt nicht nur von Brot.'" Der Teufel führte ihn auch auf einen hohen Berg, zeigte ihm in einem einzigen Augenblick alle Königreiche der Welt und sagte: "Diese ganze Macht und Herrlichkeit will ich dir geben, denn sie ist mir überlassen worden und ich gebe sie, wem ich will. Alles soll dir gehören, wenn du dich vor mir niederwirfst und mich anbetest." Aber Jesus entgegnete: "Es steht geschrieben: 'Du sollst den Herrn, deinen Gott, anbeten und ihm allein dienen!'" Der Teufel brachte Jesus sogar nach Jerusalem, stellte ihn auf den höchsten Vorsprung im Tempel und sagte: "Wenn du Gottes Sohn bist, dann stürz dich hier hinunter! Es steht ja geschrieben: 'Er wird seine Engel aufbieten, um dich zu beschützen. Auf den Händen werden sie dich tragen, damit du mit deinem Fuß nicht an einen Stein stößt.'" Jesus gab ihm zur Antwort: "Es heißt aber auch: 'Du sollst den Herrn, deinen Gott, nicht herausfordern!'" Als der Teufel sah, dass er mit keiner Versuchung zum Ziel kam, ließ er ihn für <u>einige</u> Zeit in Ruhe.

Wir haben richtig gelesen, solche und ähnliche Versuchungen fanden auch bei Jesus oft statt. Diese hier ist uns nur als Beispiel aufgezeichnet. Trotzdem blieb Jesus, im Gegensatz zu allen anderen Menschen, somit auch zu uns, ohne Sünde. Noch einmal möchte ich ganz deutlich ausdrücken, dass an jedem Menschen, auch an uns, Sünde hängt, die nur Jesus als Lamm Gottes mit SEINEM Blut beseitigen kann.

Jesus, das Wort und das Lamm Gottes, wurde demnach als Mensch geboren, damit wir die Möglichkeit haben sollen, durch die offene Tür zu dem Gott des Himmels zu gehen, um wieder in diese enge Beziehung zu unserem Schöpfer kommen zu können. Doch wie bereits erwähnt, wird niemand von uns dazu gezwungen, sondern wir alle haben noch immer die Freiheit einer eigenen Entscheidung. Wir wählen selbst, was wir wollen, weil Gott keinen Zwang und keine Marionetten will.

Im vorletzten Kapitel lasen wir bereits, dass Johannes der Täufer zu seinen Jüngern sagte, Jesus sei der, der die Sünden der Welt fortnimmt. Doch wie hat ER, das Lamm Gottes, das nun gemacht?

ER wurde genau wie ein Lamm hingerichtet, damit SEIN Blut floss, um uns, wenn wir das wollen, von unseren Sünden rein zu waschen. Die Hinrichtung bei IHM fand durch eine Kreuzigung statt. Wie wir nachfolgend lesen können, handelt es sich dabei um eine der grausamsten Foltermethoden, die es gibt.

Im Internet ist mir ein Bericht über die Kreuzigung aufgefallen, der von einem Arzt verfasst wurde. Diesen Artikel, der den Ablauf einer Kreuzigung, wie erwähnt, aus der Sicht eines Arztes beschreibt, findet ihr im Anhang. Darum nur im Anhang, weil eine Grausamkeit beschrieben wird, die jeder lesen sollte, aber nicht jeder ist kräftemäßig dazu in der Lage. Und auch, weil man dazu Zeit braucht es zu verarbeiten, sowie auch die Fachbegriffe zu verstehen, die jeder für sich im Internet nachlesen kann. Hier nur eine kurze Übersicht des Leidens einer Kreuzigung:

> Die Kreuzigung selbst ist als eine der grausamsten Hinrichtungsarten bekannt, die meist <u>von</u> den Römern, jedoch <u>nicht an</u> Römern, angewandt wurde.

> Zuerst sollte der zu Bestrafende gegeißelt werden, was im Falle Jesu, unter anderem durch das Eindrücken einer eigens dafür hergestellten Krone aus starkem, dornenhaltigem Geäst in den Kopf, stattfand. Diese Krone war als Symbol dafür gedacht, weil sich Jesus selbst als der Kö-

nig der Juden bezeichnet hatte. ER sollte gekrönt werden, was zugleich als Beleidigung für die Juden gedacht war, denn solch einen König wollten die nicht. (Juden+Israeliten=Brudervolk/Juden sind die Nachkommen von Jakobs Sohn Juda. Einer seiner Nachkommen war Jesus.) Dann fand eine Auspeitschung statt. Die Zahl der Peitschenhiebe wird in der Bibel mit 40 weniger 1, also 39 Stück, angegeben. An den Enden der Peitschenriemen befanden sich meist Nägel oder ähnliche, spitze Gegenstände, die nach einem Hieb schön über die Haut gezogen wurden, so dass diese in Fetzen aufriss. Außer vielen weiteren Hieben und Faustschlägen, war das nur der Beginn einer Kreuzigung, was als Geißelung bekannt war.

Meist war der Betroffene danach nicht mehr zu erkennen, weil oft auch das Gesicht in solch eine Geißelung mit einbezogen waren. Die anschließende Kreuzigung begann erst, nachdem der so zerschundene Mensch den Querbalken des Kreuzes zur Hinrichtungsstätte geschleppt hatte. Bei Jesus hatte diese Geißelung wohl bereits solch ein Ausmaß erreicht, dass es IHM nicht mehr möglich war, den Querbalken den ganzen Weg bis zur Hinrichtungsstätte selbst zu tragen.

Herzversagen und Ersticken waren meist die endgültige Todesursache.

Wie und mit welchen Schmerzen eine Kreuzigung im Einzelnen ablief, könnt ihr, wie oben bereits erwähnt, im Anhang lesen.

Keiner der Leser sollte nach diesem ärztlichen Beitrag noch sagen können, dass es für Jesus eine Leichtigkeit war, um unserer Sünden willen zu sterben. Zumal ER dieses Leiden nicht wegen seiner eigenen Sünden überstand, denn ER war ja ohne Sünde und hätte diese Qual eigentlich nicht nötig gehabt. Nein, er hing dort am Kreuz stellvertretend für jeden von uns, auch für dich und für mich, und zwar aus Gehorsam zu dem Vater und aus absoluter Liebe zu der gesamten Menschheit, die je gelebt hat, jetzt lebt und noch leben wird. Dies tat ER, damit wir und alle anderen Menschen eine Chance haben, durch die Tür zu gehen, die er uns als Lamm Gottes mit SEINEM Leiden und Sterben geöffnet hat, so dass wir wieder den bereits erwähnten Zugang zu dem Gott des Himmels haben können. Jeder kann durch diese Tür gehen, wenn er selbst es will. Der Zugang dazu ist uns bewusst leicht gemacht worden, damit wirklich jeder die Möglichkeit hat, diesen Weg zu wählen und zu gehen.

Zum Schluss noch 2 Bibelstellen, die sich selbst erklären. (Aus dem >Neuen jüdischen Testament)

> „Der Messias erlöste uns von dem Fluch, der in der Torah (die 5 Bücher von Mose) ausgesprochen ist, indem er selbst unsertwegen verflucht wurde; denn die Tenach (hebräische Bibel: Altes Testament) sagt: „Jeder, der an

einem Pfahl hängt, gerät unter einen Fluch." Jeschua (Jesus) der Messias tat das, damit die Heiden (Nichtjüdische Völker) in der Vereinigung mit ihm den Segen hätten, der Abraham verkündet wurde, damit wir durch Vertrauen und Treue empfingen, was verheißen war, nämlich den Geist. Galater 3, ab Vers 13

Was es mit diesem Ausspruch: >nämlich den Geist<, auf sich hat, wurde bereits über die Telefonverbindung erklärt. Gott wollte über diesen, SEINEN Geist, der uns als Geist Gottes bekannt ist, wieder eine neue Verbindung mit den Menschen aufbauen.

„Gott hat diesen sündlosen Menschen unseretwegen zu einem Sündopfer gemacht, damit wir in der Vereinigung mit ihm die volle Teilhabe an der Gerechtigkeit Gottes haben mögen." 2. Korinther, Kap 5, Vers 21

Aber nun habe ich noch eine großartige, wunderbare Nachricht für euch!

Jesus Christus ist zwar als das Lamm Gottes für unsere Sünden gestorben, damit wir eine Befreiung von diesen erfahren können. Doch damit war SEIN Werk noch nicht vollendet.

Nachdem Jesus getötet war, hatte er noch im unsichtbaren Bereich weiter gekämpft – und zwar im Totenreich. Bei diesem Kampf besiegte ER die Macht der Hölle oder anders ausgedrückt, die Mächte der Finsternis, wozu auch diese Höllenmacht und die Macht des Todes gehören, so dass alle die Menschen, die sich für IHN und >SEINE Erlösung von der Sünde< entscheiden, den ganzen Sieg, den Jesus errungen hat, beanspruchen dürfen. Jeder für sich – freiwillig.

ER hatte gekämpft und gesiegt!!!

Danach ist ER von den Toten auferstanden und viele, die IHN vorher kannten, konnten sehen, dass Jesus lebte. Zu lesen in Apostelgeschichte Kap. 1, Vers 3 (auch 1. Korinther 15,5)

> „Nach seinem Tod zeigte er sich ihnen und gab so vielen Menschen den überzeugenden Beweis, dass er lebendig war. Sie sahen ihn vierzig Tage lang, und er sprach mit ihnen über das Reich Gottes."

Welch ein großartiges Erbe steht allen zur Verfügung, die es für sich beanspruchen!!!

Stellt euch einmal vor, was das für die ganze Menschheit bedeutet!

Das heißt, dass jeder Mensch, der zu Jesus kommt, durch DESSEN Blut Sündenbefreiung erhält und an dieser Erlösung festhält, nach dem Tod, nach dem Auszug aus diesem Haus, die gleiche Befreiung im unsichtbaren Bereich erleben kann. Dieses Privileg darf jeder Mensch durch seine Hinwendung an Jesus und durch die Annahme der Sündenbefreiung voll ausschöpfen und genießen. Ist Gott und sein ganzer Plan mit uns nicht sehr, sehr gut?

Welch eine Liebe steckt hinter solch einer Strategie, die dieser Herr des Himmels, für seine Kinder vorgesehen hat. Zu SEINEN Kindern gehören alle, wohlgemerkt, alle die, die sich für Jesus und die Sündenvergebung (Sündenbefreiung) durch dessen Blut entschieden haben und daran festhalten bis zu ihrem irdischen Ende.

Danach beginnt ein noch viel größeres, nie endendes Erbe, ein ewiges Leben im Himmel. Alle diese Möglichkeiten kosten uns nur die Erkenntnis, sowie das Bekenntnis unserer Sünden mit der Bitte um Sündenbefreiung und ein Verhalten wie es uns Gott in seinem Wort beschreibt oder schreiben ließ. Stellt euch vor, es ist ein Liebesbrief von IHM an uns, indem ER einem Jeden mitteilt, wie wir IHM gefallen.

Gott ist so gut und einzigartig mit überwältigender Liebe zu uns!

ER hat eigentlich alles für uns getan, was wir brauchen, um mit IHM eine neue Verbindung einzugehen, die uns nichts mehr kostet, als eine willentliche Entscheidung für diesen großen GOTT mit SEINEM Lamm zu unserer Sündenbefreiung.

Jesus ist also als sündloser Mensch geboren, hat sündlos gelebt, ist für die Menschen gestorben, hat alle Macht der Finsternis besiegt und ist als Sieger auferstanden. ER LEBT und sitzt nun zur Rechten des Vaters im Himmel, wie wir im 1. Petrus-brief, Kap. 3, Vers 22 lesen können (nach dem jüdischen Neuen Testament):

> „Er ist in den Himmel gegangen und sitzt zur rech-ten Hand Gottes, und Engel, Obrigkeiten und Mächte sind ihm unterworfen."

Sie sind ihm darum unterworfen, weil ER sie besiegt hat.

Auch Johannes schreibt, als er in Gefangenschaft auf der Insel Patmos war und eine Offenbarung von Gott erhielt:

> Als ich ihn sah, fiel ich wie tot vor seine Füße. Aber er legte seine rechte Hand auf mich und sag-te: "Hab keine Angst! Ich bin der Erste und der Letzte und der Lebendige. Ich war tot, aber jetzt lebe ich in alle Ewigkeit und habe die Schlüssel für Hölle und Tod. Offenbarung 1, 17 + 18

Seitdem ist IHM, alle Macht, sowie Gewalt, im Himmel und auf Erden gegeben und ER hat von seinem Vater Vollmachten be-kommen.

Der große Gott hat auch Dinge vorherbestimmt, die noch in der Zukunft liegen und die in seinem Wort an uns, in der Bibel, zu finden sind. Diese zukünftigen Dinge, mit allem was dazu gehört, werden sich noch erfüllen, weil Gott die vollkommene Wahrheit ist und sich bis jetzt alles erfüllte, was ER uns durch sein Wort mitgeteilt hat.

Nachdem Jesus die Mächte der Finsternis besiegt hatte, wozu auch alle Macht des Teufels, der Hölle und des Todes gehören wie wir bereits lesen konnten, verkündete er den bereits Verstorbenen ebenfalls diese frohe Botschaft. Gott sorgte für Gleichberechtigung und alle, die wollten durften dieses Gefängnis, in dem sie sich zu der Zeit noch befanden, mit Jesus verlassen.

> „Denn der Messias selbst starb für die Sünden, ein für allemal, ein Gerechter für Ungerechte, damit er euch zu Gott bringe. Er wurde zum Tod im Fleisch verurteilt, aber zum Leben durch den Geist gebracht; und in dieser Gestalt ging er und predigte den Geistern im Gefängnis, jenen, die vor langer Zeit ungehorsam waren, in den Tagen von Noah, als Gott geduldig wartete, während die Arche gebaut wurde, in der einige wenige Menschen …. durch Wasser erlöst wurden." (1. Petrusbrief, Kapitel 3, ab Vers 18)

Jesus spricht zu ihm: Ich bin der Weg und die Wahrheit und das Leben; niemand kommt zum Vater, denn durch mich! Johannes 14.6

KAPITEL 37 - **Abschluss des I. Teils**

Zum Ende des ersten Teils des Buches, möchte ich euch noch die Geschichte einer Familie erzählen, die ihr Leben Gott in jeder Hinsicht ausgeliefert hat. Das heißt, sie leben mit und für Gott. Sie alle haben eine Sündenbefreiung durch Jesus und SEIN Blut erlebt.

Der Vater war bereits als junger Mann von Gott für einen evangelistischen Dienst bestimmt worden, den er voller Hingabe an Jesus ausführte. Es gab nichts, was er nicht aus Liebe zu Gott getan hätte. Sein Glaube war sehr stark und wurde immer stärker, weil er diesen Weg ständig vertiefte.

Seine Frau lebte mit der gleichen Hingabe und teilte diesen Dienst mit ihm. Sie arbeiteten beide in der Kraft des Heiligen Geistes und Gott ließ große Dinge durch sie geschehen.

Von dem Ausgangspunkt betrachtet, wurden ihre Kinder schon von klein auf mit einer großen Liebe zu Gott konfrontiert, was dazu führte, dass sie bereits im Kindesalter ihr Leben an Jesus übergaben, was sich nie änderte. Auch in der schwierigen, rebellischen Teenie-Zeit gab es für sie kein Hinterfragen der biblischen Werte. Für sie war es selbstverständlich, dass Gottes Wort immer Priorität hatte.

Ihre Eltern hatten ihnen diese Hingabe und Liebe zu Gott nicht nur vermittelt, sie lebten es ihnen auch in allen Dingen vor.

Vater und Mutter liebten sich sehr. Sie waren nicht nur zwei Egoisten, die heirateten, eine Ehe vollzogen und fortan in leidenschaftlicher Lust oder Pflichterfüllung zusammen waren. Nein, sie gehörten so zusammen, wie es die Bibel sagt:

Die Männer sollen ihre Frauen so lieben wie sich selbst und ihre Frauen sollen sich ihnen unterordnen, weil sie durch den Ehevollzug zu einem Teil voneinander wurden.

Als Adam und Eva das Paradies verlassen mussten, sagte Gott zu Eva, dass ihr Verlangen nach ihrem Manne sein wird.

Genau so, sieht Gott laut Bibel die Ehe – und genau so war der Kreislauf in der Ehe dieses Elternpaares. Der Vater liebte seine Frau so sehr, dass er damit das eben angesprochene Verlangen in ihr weckte. Diese Sehnsucht nach ihrem Mann, lies in ihr auch eine immer größer werdende Liebe zu ihm wachsen. Die Frage der Unterordnung entstand überhaupt nicht, weil sich die Frau bedingungslos angenommen und geliebt fühlte. Auch ihre Wünsche bezog der Vater als Leiter der Familie in seine Entscheidungen mit ein. Dadurch war ihre eheliche Intimität ebenfalls voller Harmonie. Das Gesamtbild ihrer Gemeinschaft war vorbildlich und wurde auch so wahrgenommen.

Der Auslöser dazu war diese Liebe des Mannes zu seiner Frau. Doch beide wurden sich nicht zu wichtig, als dass sich ihre Prioritäten verschoben hätten, denn Jesus behielt, trotz ihrer Liebe zueinander, immer den ersten Platz in ihrer beider Leben.

Die Liebe dieses Paares zueinander sprach sich herum. Manche Leute freuten sich mit ihnen, bei anderen erzeugte es Eifersucht und sogar teilweise Hass.

Die Kinder wurden mittlerweile, wie in einem Familienunternehmen, in den Dienst für Gott involviert und sie alle bildeten eine sehr starke Einheit in der Verbindung mit ihrem Schöpfer.

Eines Tages sagte der Vater im Kreise der Familie, dass er etwas zu erledigen habe, und darum für einige Tage alleine verreisen müsse. Niemand von ihnen wusste und keiner erfuhr es auch jetzt, dass ihm sein Dienst für Gott schon manche Drohung eingebracht hatte. Einige junge Leute, die er aus einem schlimmen Umfeld heraus für Gott gewann, warnten ihn immer wieder, er solle auf sich aufpassen und total auf Gott vertrauen.

Der Vater verabschiedete sich von ihnen und die Zeit zog sich hin – er kam nicht zurück. Die ganze Familie lag ständig im Gebet vor Gott und bat IHN darum, dass ER seine Engel an die Seite des Vaters stellen und ihn bewahren, aber auch wieder zurückbringen solle.

Seine Frau erhielt von Gott die Gewissheit, dass er wieder zurück kommen würde, doch wann, das war ihr nicht bekannt.

Sie glaubte Gott und hielt an dieser Gewissheit fest.

Eines Mittags stand er vor der Tür. Er sah mitgenommen aus, aber alle freuten sich sehr ihn in die Arme schließen zu können.

Viele Tränen flossen aus Erleichterung und Freude. Er hielt die Mutter fest umschlungen und die beiden wollten sich nicht mehr loslassen.

Wo sie sich gerade befanden, knieten alle nieder und dankten Gott von ganzem Herzen für die Bewahrung des Vaters und für seine Heimkehr. Auch jetzt fragte niemand wo er gewesen war und was er erlebt habe – wenn es die richtige Zeit wäre, käme schon eine Erklärung von ihm – das wussten sie alle, so kannten sie ihren Vater und Ehemann.

Schließlich wollte er sich duschen und frische Kleider anziehen.

Doch das dauerte länger als erwartet, so dass die Mutter aufstand, um nach ihm zu sehen. Auch sie kam nicht wieder, darum erhob sich der älteste Sohn und sagte: „Das ist nicht normal, ich schau da jetzt nach, was los ist."

Als er die Schlafzimmertür der Eltern öffnete, blieb ihm jedes weitere Wort im Munde stecken. Mutter saß auf dem Bettrand und weinte bitterlich. Sie hatte desinfizierendes Wasser und wusch Vaters Rücken, der voller eiternder Wunden und Striemen war. Man sah, dass es sich unter anderem auch um Peitschenhiebe handelte. Total entstellt war sein Rücken. Die Mutter schaute kurz hoch und sagte:

„Ich frage mich, wie er unsere Umarmungen ertragen konnte? Das müssen doch so große Schmerzen für ihn gewesen sein."

„Ich liebe euch", war seine Antwort. „Jede Berührung von euch war mir wichtiger als diese Schmerzen."

Nun fragte der Sohn mit Autorität in der Stimme:

„Vater, wo warst du?"

„Das reden wir, wenn wir beide einmal alleine sind."

„Nein!", kam es zurück, „das reden wir jetzt."

So hatte er noch nie mit seinem Vater gesprochen, doch jetzt war es ihm nicht mehr möglich, still zu sein. Er stand noch in der offenen Tür, so dass seine Geschwister diese Worte ebenfalls hörten und auch dazu kamen.

Alle weinten sie und beteten leise vor sich hin, nachdem sie den Vater sahen.

Die Mutter brach total zusammen, als sie nun hörte, was ihr Mann erzählte.

Eine Gruppe von Menschen hatte sich zusammengeschlossen, denen er schon sehr lange ein Dorn im Auge war, weil er Leute aus ihrer Mitte zu Jesus geführt hatte, die nun von Gottes Liebe erzählten und dessen Diener geworden waren. Aus Rache dafür sollte er „seinem Jesus" gleichgestellt werden.

Entweder er kam freiwillig zu ihnen oder sie würden sich seine Frau holen. Es wurde ihm sogar mitgeteilt, an welchem Ort er sich aufzuhalten habe. Auch diese Leute hatten von der Liebe ihres Feindes zu seiner Frau erfahren und erpressten ihn damit.

Letztendlich sollte er den Tod Jesu sterben. Wenn er ja so versessen auf diesen Jesus sei und sich nicht von ihm lossage, dann sollte er auch mit ihm vereint werden. Doch plötzlich kamen sie und ließen ihn frei. Was diesen Sinneswandel ausgelöst hatte, ist dem Vater nicht bekannt, doch glaubte er felsenfest zu wissen, dass es durch Gottes Eingreifen passiert war.

Als man ihn frei ließ, war ihm nicht klar, wo er sich befand. Doch da für ihn feststand, dass es sich um eine Bewahrung durch Jesus handelte, der ihn da rausgeholt hatte, zweifelte er nicht an dessen weiteren Führungen. Sein Fußweg nach Hause war weit.

Diese Gewissheit, von Gott gehalten zu werden, war die ganze Zeit in ihm vorhanden. Es war ihm völlig klar, und darüber sprach er mit Gott auf dem Heimweg, dass die Schmerzen, die ihm zugefügt wurden, einen Sinn hatten. Auch wenn er diesen jetzt noch nicht verstand, wurde ihm bewusst, dass er auf solche Weise einen Sieg für Jesus errungen hatte.

Als die Mutter realisierte, wie sehr ihr Mann sie liebte, wimmerte sie nur noch vor sich hin. Es war ihr klar, dass er bereits ungefähr wusste was auf ihn zukam, als er ging. Es musste unsagbar schwer für ihn gewesen sein. Doch die Liebe zu seiner Frau gab ihm die Kraft dazu. Denn diese Bestien würde sie nicht überstehen, das war ihm sehr bewusst.

Immer wenn die Mutter in diesen Tagen den Vater ansah, liefen ihr die Tränen über die Wangen. Sie sah seine Liebe zu ihr und die Hingabe, mit der er diese Liebe ausdrückte. Er nahm sie dann immer wieder in seine Arme, um ihr Trost zu geben und hielt sie dabei ganz fest. Unausgesprochen formulierte ihr Geist ständig die Frage: >Wie kann ich ihm helfen, nicht nur die körperlichen Schmerzen zu verarbeiten<. Doch diese Heilung viel unweigerlich in Gottes Aufgabenbereich.

Das Erlebte vertiefte ihre Liebe zueinander noch mehr, so dass die Innigkeit zwischen ihnen mit Worten und unserem menschlichen Verstand kaum noch zu erfassen war.

Immer in dem Gedanken, dass er mit diesem Einsatz etwas für Gott getan habe, erfuhr der Vater nach längerer Zeit, dass in einem der jungen Männer, die sich an ihm ausgetobt hatten, eine Frage nach Gott entstanden war. Durch des Vaters stille halten und durch seine Hingabe und Liebe zu Gott, begann dieser junge Mann nach einer gewissen Zeit immer intensiver nach Gott zu suchen. Letztendlich begegneten sich die beiden nach langer Zeit wieder und es flossen viele Tränen. Auf der einen Seite waren es Tränen der Freude über Gottes eingreifen und handeln. Auf der anderen Seite flossen Tränen bei der Suche nach Vergebung, die mit Freuden gewährt wurde. Dies schenkte ihm, wie der junge Mann selbst sagte, die größte Erkenntnis der Liebe Gottes zu uns Menschen.

Der Vater jedoch war überglücklich sehen zu dürfen, was sein Leiden bewirkt hatte.

Viele von uns sind nun voller Emotionen, haben mit gelitten, weinen vielleicht auch mit oder sehnen sich nach solch einer Liebe.

Nach dieser Beschreibung möchte ich euch nun in einen Vergleich führen.

Wir haben gelernt, dass wir ein Geschöpf Gottes sind, das von IHM sehr geliebt wird. Durch den dunklen Machtbereich sind wir mit Sünde in Verbindung gekommen und dadurch von diesem Schöpfer getrennt worden. Um wieder in SEINE Gegenwart treten zu können, müssen wir für die vorhandene Sünde mit einem reinen Leben bezahlen, was uns eigentlich nicht möglich ist.

Da uns Gott so sehr liebt, wollte ER von seiner Seite aus eine Möglichkeit dazu schaffen, denn ER wusste genau, dass wir niemals dazu in der Lage wären, diesen Preis >für den Freikauf aus dem dunklen Machtbereich heraus< selbst zu zahlen. Darum schickte Gott seinen Sohn Jesus – der dann an unserer Stelle diesen Preis für uns bezahlte.

Auch Jesus liebt uns so sehr, dass ER bereit war, sich an unserer Stelle grausam quälen zu lassen, um uns dadurch von unseren Sünden zu befreien – wenn wir es wollen. Schauen wir uns im Vergleich diesen Vater in der Geschichte an – er ging für seine Frau durch eine schreckliche, lebensbedrohliche Zeit – Jesus ging für alle Menschen einen unbeschreiblich schweren Weg.

Die Mutter war unendlich dankbar für diesen Liebesbeweis ihres Mannes, doch sehr viele Schmerzen verursachte in ihr das Wissen, was er durchmachen musste und was er aushielt, damit sie selbst verschont blieb.

Die Schmerzen, die Jesus für die ganze Menschheit erduldete waren weitaus mehr, als die, die der Vater erlitten hatte. Sie waren intensiver, mengenmäßig wesentlich größer und ER wurde sogar zu Tode gefoltert – für wen?

Wer von uns fühlt sich dafür mit verantwortlich?

Wir alle sind mit unseren Sünden an der Menge und Stärke dieser Schmerzen beteiligt.

Wer reagiert wie die Mutter in der Geschichte und ist davon berührt oder muss weinen, wenn er/sie Jesus in Gedanken anschaut und dessen Liebesbeweis für sich erkennt? Wie ist unsere Reaktion, wenn wir unsere eigenen Sünden sehen und dabei erkennen, dass wir einen Teil dieser Schmerzen mit verschuldet haben?

Genau so, wie man mit einem Schwamm Kreide von der Tafel wischt, genau so kann Jesus alle diese Sünden mit dem Leben aus seinem Blut weggewischt.

ER tut es für dich und für mich, wenn wir es wollen!

Und genau wie der Vater seine Frau dann in die Arme nahm und sie ganz fest hielt, um sie zu trösten, genau so nimmt uns Jesus in seine Arme um uns zu trösten und sagt:

Ich habe dich doch so sehr lieb.

Darum bin ich diesen Weg gegangen – für dich!

Komm zu mir, ich halte dich fest.

Bringe alle deine Sünden mit, wir arbeiten sie gemeinsam durch

und dann wischen wir sie alle einfach weg.

Sie sind danach nicht mehr zu finden, weil sie nicht im Computer gespeichert sind,

sondern aufgeschrieben waren und weggewischt wurden.

Gelöscht ist gelöscht, weil das Geschriebene
nicht mehr vorhanden ist.

Wir können das deshalb so einfach tun, weil ich den Preis dafür bezahlt habe.

Die Rechnung wurde beglichen – von mir – weil ich dich liebe!

KOMM zu mir – ich warte auf dich und halte dich ganz fest.

Jeder Leser, der das wirklich will, kann nun das nachfolgende Gebet für sich als Vorlage nutzen, um auf diese Weise mit Jesus über die eigenen Sünden zu reden. Ihr wisst, dass es sich dabei um eine freie Entscheidung handelt, denn Gott will keinen Zwang, sondern völlige Freiwilligkeit. Also dieses nachfolgende Reden mit Gott nur dann vor IHM aussprechen, wenn es euer eigener Wunsch ist und bedenkt dabei, dass Gott als euer Schöpfer eure Gedanken kennt und weiß, ob das, was ihr jetzt sagt, eurem Willen entspricht. Zuvor noch eine Bibelstelle aus 1. Korinther, Kapitel 8, Verse 5 + 6:

> Denn selbst wenn es sogenannte >Götter< gibt, im Himmel oder auf der Erde – wie in der Tat >Götter< und >Herren< in Hülle und Fülle sind -, so gibt es für uns doch nur einen Gott, den Vater, von dem alle Dinge kommen und für den wir leben; und einen Herrn Jesus , durch den alle Dinge geschaffen wurden und durch den wir unser Dasein haben.

Eine andere Übersetzung drückt es so aus:

> Und wenn auch sogenannte Götter im Himmel und auf Erde leben – und es gibt ja tatsächlich viele Mächte und Gewalten -, so haben wir doch nur einen Gott, den Vater, der alles erschaffen hat und für den wir leben. Und wir haben auch nur einen Herrn, Jesus Christus, durch den alles geschaffen wurde. Durch ihn sind wir zu neuen Menschen geworden. Einige Christen haben das aber noch nicht erkannt. ...

Gebet:

Herr Jesus, ich komme jetzt zu dir.

Du bist zu dem Lamm geworden,
das meine Sünden getragen und für meine Sünden bezahlt hat.

Du hast mich sehr geliebt,
sonst hättest du das niemals für mich getan.

Ich glaube, dass du Gottes Sohn bist und ich durch dich von
allem frei werden kann.

Du bist auch wegen mir,
für alle meine Sünden, gefoltert worden und gestorben.
Aber dann hast du den Tod und die ganze Höllenmacht besiegt
und bist auch auferstanden! Sie konnten dich nicht festhalten!

Wenn ich dir gehöre, können sie auch mich nicht festhalten.
Sie müssen mich loslassen!
Weil du sie besiegt hast!

Darum kann ich frei sein, um ein Leben zu führen,
das wieder eine Verbindung zu dem Gott des Himmels hat.

Ich will, Jesus!

Ich möchte diese Verbindung wieder neu aufbauen.

Darum bringe ich dir jetzt meine Sünden (alle Sünden erwähnen
und aufzählen, die dir einfallen), damit sie ganz von mir entfernt
und durch dein Blut weggewischt werden, Herr Jesus.

Ich bitte dich um Vergebung für alles,
was ich getan, gesagt und gedacht habe,
das nicht von dir kommt,
sondern durch das Böse in mir vorhanden ist. Bitte reinige mich
von diesen Dingen, die mich vom Vater getrennt haben, mit
deinem kostbaren Blut.

Befreie du mich bitte von aller Macht des Bösen
und der Dunkelheit.
Ich sage mich davon los und übergebe dir
die Herrschaft über mein Leben.

Ich glaube an dich und deine Auferstehung,
und sage dir auch danke, dass ich das erkennen
und verstehen darf.

Ich danke dir, dass ich jetzt dein Kind sein darf
und bitte dich, dass du mich mit deinem Heiligen Geist erfüllst,
oh Gott, damit wieder die ursprüngliche Verbindung zum Vater
neu hergestellt wird und mich DEIN GEIST lenkt.

D A N K E, mein Erlöser, Jesus, dass ich meine Befreiung
von der Sünde aus Deiner Hand entgegennehmen darf!
D A N K E, dass du mich mit deinem Blut gereinigt hast.
D U bist jetzt mein Gott und mein **HERR!**

D A N K E - ich liebe D I C H

Wer dieses Gebet freiwillig vor Gott ausgesprochen hat,

der sollte im Teil II weiterlesen

ZEITREISE

Wenn aus Spekulation und Mythos

Realität wird

Teil II

KAPITEL 1 - **Neustart**

Jeder von euch, der nun hier angekommen ist, hat sich freiwillig für Jesus Christus entschieden, wurde von seinen Sünden befreit und ist dadurch zu einem Kind Gottes geworden.

Da das Leben als Gotteskind für manche von euch noch neu ist, soll in diesem II. Teil ein kleiner Grundstein gelegt werden, was das weitere Verhalten betrifft.

Vorab möchte ich jedem zu der Frage: „Was soll ich jetzt tun?", eine kleine Anweisung geben.

Trainiert euch in allem was ihr tut, mit folgenden Fragen:

„Was würde Jesus tun oder sagen, wenn ER jetzt an meiner Stelle wäre.

Würde ER mich beispielsweise auf meinen Wegen begleiten oder befinde ich mich an Orten, an denen ER nicht mit mir unterwegs wäre. Das würde bedeuten, ich wäre an solchen Orten alleine ohne IHN, was eigentlich nicht vorkommen sollte.

Manchmal befinde ich mich auch in Gesprächen, die nicht Seinem Niveau entsprechen, weil Worte benutzt werden, die nicht mehr in meinem Wortschatz vorhanden sein sollen. Auch darin sollte ich mich üben, denn ich starte gerade damit, zu einem Aushängeschild für meinen Erretter zu werden.

Lerne zu verstehen, in welchem Umfeld sich Jesus an deiner Seite befinden kann; denn nur dann bist du auch ein Zeugnis für IHN.

ER ist jetzt dein Herr und du sollst durch dein Leben eine Werbung für IHN sein.

Egal auf was wir antworten oder was wir tun, bevor wir reagieren, sollten wir uns immer zuerst diese Frage stellen: >Was würde Jesus jetzt an meiner Stelle tun oder sagen<, denn ab sofort soll ER unser Leben bestimmen!"

Die Antworten dazu, was Jesus tun oder sagen würde, finden wir im Wort Gottes. Lies viel in der Bibel und rede mit Gott.

Wie wir am Anfang des Buches schon mal lasen, können wir mit diesem großen Gott so reden, als ob wir einen guten Kumpel an unserer Seite hätten. Aber trotzdem sollen wir uns immer darüber im Klaren sein, dass ER eine große Majestät ist, der wir Ehrerbietung entgegenbringen sollen.

Stellt euch vor, ihr begegnet, zu einem persönlichen Gespräch, der Königin von England oder einem vergleichbaren Repräsentanten. Wie würdet ihr euch dabei verhalten. Doch immer mit einem gewissen Respekt und Anstand, auch wenn es sich dabei ebenfalls nur um einen Menschen handelt, stimmt's?

Genau solch eine Ehrerbietung, sogar eine noch Größere, gebührt dem Gott des Himmels, der uns geschaffen und uns Leben gegeben hat.

Diese Grundlage sollte uns allen immer klar sein und uns in unserem neues Leben begleiten. Also niemals vergessen, dass ihr zu einem Kind dieses Gottes geworden seid!

Nun könnt ihr euch auch sicher sein, dass euer Name im Lebensbuch des Lammes steht, das bereits schon einmal erwähnt wurde. Dazu lesen wir in Offenbarung, Kapitel 21 ganz am Ende des Kapitels, in Vers 27, dort wo die Herrlichkeit bei Gott beschrieben wird:

> „Nichts Unreines darf hineinkommen und keiner, der schändliche Dinge oder Lügen tut; die einzigen, die hingehen dürfen, sind die, deren Namen geschrieben sind in dem Lebensbuch des Lammes."

Alle, deren Namen dort zu finden sind, die werden diese Herrlichkeit einmal miterleben dürfen.

Doch vergiss nicht, dass wir alle nur normale Menschen sind, denen schnell wieder eine Sünde unterläuft – was geschieht mit denen?

Sobald jemand sündigt, was nicht mehr bewusst geschehen sollte, soll diese Person sofort zu Jesus gehen, darüber Buße tun,

IHN um Vergebung bitten und darum, dass ER diese Sünde mit seinem Blut wegwischt.

Natürlich sagen wir dann auch D A N K E.

Es gibt bei jedem Menschen unbewusste Sünde, für die wir regelmäßig, immer wieder, im Allgemeinen um Vergebung bitten, aber auch Sünden, die offensichtlich sind und in nachfolgendem Bibelvers aufgeführt werden. Diese Sünden sind für Gott so gravierend, dass sie extra benannt werden, weil ein Mensch, der Jesus gehört, sowas nicht tut. Wir dürfen auch darüber Buße tun und sollten danach damit aufhören.

Bitte den Geist Gottes, dass er dir dabei hilft, was dann auch geschehen wird, wenn wir das wirklich wollen.

Wir finden diese Bibelstelle in Offenbarung, Kapitel 22, Vers 15:

> „Nicht hinein können die Homosexuellen, die, die sich Drogeneinfluß und okkulten Praktiken hingeben, die Unzüchtigen, die Mörder, die Zauberer, die Götzenanbeter und alle, die die Lüge lieben und tun."

Aber, wie bereits erwähnt, hat jeder noch so große Sünder die Möglichkeit, seine Verfehlungen Jesus zu bringen, so wie bereits oben beschrieben, so dass auch diese weggewischt werden. Doch sollten wir immer bedenken, dass Gott unser Herz kennt und weiß, wie wir es meinen. Ob es uns ernst ist, oder ob wir einfach nur nochmal alles in Ordnung bringen wollen, um es morgen wieder zu tun - das gehört auch in diese Sparte. Sieh es nicht als Spaß an, denn deine Ewigkeit hängt davon ab.

Lerne mit Gott über alle Dinge zu reden und sei ehrlich zu IHM. Lass dir durch den Geist Gottes helfen - doch dessen Stimme ist oft sehr leise, also konzentriere dich auf IHN, und lass dich von IHM führen, lenken und leiten. Wenn ER sieht, dass du es ernst meinst, ist ER für dich da und hilft dir.

Natürlich ist das nicht immer leicht, doch Gott hat Erbarmen mit uns und weiß, dass gerade eine Umstellung in unserem Leben stattgefunden hat und wir lernen und uns trainieren müssen.

KAPITEL 2 - **Vergebung und vergeben**

Als Jesus noch Mensch auf dieser Erde war, wurde er einmal von seinen Jüngern um eine Anleitung für ihr Gebet gefragt, worauf sie das >Vater unser< von Jesus hörten. Dieses Gebet, finden wir in den Evangelien – auch in Lukas 11, ab Vers 2. Dort wird zuerst einmal Gott verherrlicht und IHM gedankt, bevor man mit Bitten kommt. Nach der Bitte um eine Versorgung, wenn wir in Not sind, bitten wir auch noch täglich um eine Sündenvergebung, weil uns unsere Verfehlungen selbst nicht immer bekannt, bzw. bewusst sind. Oft sündigen wir ohne es selbst zu merken. Doch wenn wir so kommen und um tägliche Reinigung bitten, so ist Gott treu und gerecht. Er vergibt uns und Jesus reinigt uns. Wir sollten aber immer wieder um weitere Erkenntnis in unserem neuen Leben bitten.

Der nächste Satz in diesem Gebet wird oft auch von Christen überlesen, was allerdings nicht gut ist, denn darin heißt es:

„…Vergib uns so, wie auch wir allen anderen vergeben."

WOW – leider wollen auch manche Christen nur selbst Vergebung, wenn es jedoch darum geht, dass sie vergeben sollen, dann sind sie sehr vergesslich.

Doch hier sprechen wir zu Gott, dass ER uns so vergibt, wie wir selbst auch anderen vergeben. Es ist demnach sehr, sehr wichtig, dass wir bereit sind allen anderen Menschen, selbst denen, die uns was schuldig sind, zu vergeben, weil uns sonst ebenfalls nicht alles vergeben wird. Auch den Menschen, die bereits verstorben sind, dürfen wir noch Vergebung zusprechen, denn wir sollen alle die loslassen, die wir durch Unversöhnlichkeit gefangen halten.

Versteht ihr, wie wichtig dieser Punkt in dem Leben von uns allen ist?

Es gibt noch eine Bibelstelle, die genau so fordernd ist. Diese finden wir in Lukas, Kapitel 6, ab Vers 27:

> „Dennoch sage ich euch, die ihr zuhört, folgendes:
>
> <u>Liebt eure Feinde! Tut Gutes denen, die euch hassen, segnet die, die euch fluchen, betet für die, die euch misshandeln.</u>"

Weiter ab Vers 30

> „Wenn jemand euch um etwas bittet, gebt es ihm; wenn jemand nimmt, was euch gehört, verlangt es nicht zurück.
>
> Behandelt die Menschen, wie ihr selbst von ihnen behandelt werden wollt.
>
> Welchen Verdienst habt ihr, wenn ihr nur die liebt, die euch lieben? Sogar Sünder lieben die, die sie lieben.

Welchen Verdienst habt, ihr, wenn ihr nur denen Gutes tut, die euch Gutes tun? Sogar Sünder tun das.

Welchen Verdienst habt ihr, wenn ihr nur denen leiht, bei denen ihr damit rechnen könnt, dass sie es euch zurückzahlen werden?

Sogar Sünder leihen einander und erwarten alles zurückgezahlt zu bekommen. Stattdessen liebt eure Feinde, tut Gutes und leiht, ohne etwas zurück zu erwarten! Eure Belohnung wird groß sein, und ihr werdet Kinder des Höchsten sein; denn er ist freundlich gegenüber den Undankbaren und den Bösen.

Habt Mitleid, wie euer Vater im Himmel Mitleid hat."

Ich weiß, dass die Dinge, die hier geschrieben stehen, nicht leicht umzusetzen sind, besonders wenn man sehr schwierige und verletzende Erlebnisse hinter sich hat. Aber bedenkt dabei, welch eine Liebe Gott zu uns hatte, als er seinen Sohn hergab, damit wir Sündenbefreiung erhalten können. Auch welch eine Liebe und Vergebungsbereitschaft in Jesus vorhanden war, sogar zu der Zeit, als ER noch am Kreuze hing. Er sprach Vergebung zu, obwohl er nur für uns dort hing und selbst nichts getan hatte, das solch eine Behandlung gerechtfertigt hätte.

Wenn du mit IHM über deine Not redest, wird ER dich verstehen, dich führen und dir dabei helfen, dass du zu dem Punkt kommst, diese Entscheidung der Vergebung treffen zu können. Es ist wichtig für dich, weil es die Voraussetzung dafür ist, dass du von Gott ebenfalls eine vollkommene Vergebung erhältst.

Mit dieser Arbeit ist keiner alleine, du bekommst Hilfe von Jesus. Doch lerne auf sein leises Reden und Wirken in deinem Leben zu achten. Und bedenke bitte eine sehr wichtige Sache, Jesus war ohne Sünde, als ER dort am Kreuz hing. Für W E N ??? Nicht nur für den, dem du vergeben solltest - auch für dich und für mich.

Sag jetzt nicht: „Aber die Sünde meines Gegners ist größer!" - Denke daran, dass Sünde, auch wenn sie noch so klein ist, trotzdem vor Gott Sünde ist.

Darum bitte IHN, dass ER dir hilft, an deiner Vergangenheit zu arbeiten, damit SEINE Vergebung auch für dich vollkommen ist, denn in obigem Bibelvers heißt es: „Vergib uns unsere Schuld so, wie wir bereit sind anderen zu vergeben."

Denk an deine Zukunft außerhalb dieses Hauses und sei bereit, alles loszulassen und alles zu vergeben – es ist so wichtig für dich persönlich!

KAPITEL 3 - **Ein Schritt des Gehorsams**

Außer unserer Liebe und Dankbarkeit zu Gott haben wir nun noch einen weiteren Schritt des Gehorsams vor uns liegen.

Um was es sich dabei handelt, können wir in der Apostelgeschichte, Kapitel 2, ab Vers 22 – 41 lesen. (hier aus dem jüdischen Neuen Testament) Dort spricht Petrus an Pfingsten:

> „Männer Jisraels (Israels)! Hört auf das! Jeschua (Jesus) aus Nazeret war ein Mann, dessen Herkunft von Gott euch bestätigt wurde durch mächtige Werke, Wunder und Zeichen, die Gott durch ihn in eurer Gegenwart vollbrachte. Ihr wisst das selbst. Dieser Mann wurde verhaftet gemäß dem vorherbestimmten Plan und dem Vorwissen Gottes; und durch die Hände von Menschen, die nicht durch die Torah (die 5 Bücher Mose) gebunden waren, habt ihr ihn an den Pfahl genagelt und getötet!
>
> Gott aber hat ihn auferweckt und aus dem Leiden des Todes befreit; der Tod konnte ihn nicht in seiner Gewalt behalten. Denn David sagt folgendes über ihn:
>
> >Ich habe Adonai (der Herr/Gott Jahwe) immer vor mir gesehen, denn er ist zu meiner rechten Hand, so dass ich nicht erschüttert werde. Aus diesem Grund war mein Herz froh; und meine Zunge freute sich; und jetzt wird auch mein Leib in der gewissen Hoffnung leben, dass du

mich in der Scheol (Hades/Hölle) nicht im Stich lassen, deinen Heiligen die Verwesung nicht sehen lassen wirst.

Du hast mir den Weg des Lebens gezeigt; du wirst mich mit Freude erfüllen durch deine Gegenwart<.

Brüder, ich weiß, ich kann offen zu euch sagen, dass der Patriarch David starb und begraben wurde – sein Grab ist unter uns bis auf diesen Tag. Weil er ein Prophet war und wusste, dass Gott ihm einen Eid geschworen hatte, dass einer seiner Nachkommen auf seinem Thron sitzen wür-de, sprach er im Voraus über die Auferstehung des Mes-sias – dass er es war, der in der Scheol nicht im Stich ge-lassen wurde und dessen Fleisch die Verwesung nicht sah. Gott hat diesen Jeschua (Jesus) auferweckt! Und wir alle sind Zeugen!

Darüber hinaus ist er erhöht worden zur rechten Hand Gottes; er hat empfangen vom Vater, was er verheißen hat, nämlich den Ruach Ha Kodesch (Heiliger Geist); und hat ausgegossen diese Gabe, die ihr seht und hört. Denn David ist nicht in den Himmel aufgestiegen. Aber er sagt:

>Adonai sagte zu meinem Herrn: Setz dich zu meiner rechten Hand, bis ich dir deine Feinde zum Fußschemel für deine Füße mache<.

Deshalb möge das ganze Haus Jisrael (Israel) ohne jeden Zweifel wissen, dass Gott ihn sowohl zum Herrn als auch zum Messias gemacht hat – diesen Jeschua, den ihr am Pfahl hingerichtet habt!"

Als sie das hörten, ging es ihnen durchs Herz; und sie sagten zu Kefa (Petrus) und den anderen Gesandten (Apostel): „Brüder, was sollen wir tun?" Kefa antwortete ihnen:

>Wendet euch ab von der Sünde, kehrt um zu Gott, und jeder von euch werde eingetaucht (getauft) auf die Vollmacht von Jeschua dem Messias in die Vergebung eurer Sünden, und ihr werdet die Gabe des Ruach Ha Kodesch (Heiliger Geist) erhalten! Denn die Verheißung gilt euch, euren Kindern und denen, die weit weg sind – so viele, wie Adonai, euer Gott berufen mag! <

Er führte noch viele andere Argumente für seine Sache an und bat sie weiter dringlich: >Rettet euch aus dieser verkehrten Generation! <

So wurden die, die annahmen, was er sagte, eingetaucht (getauft), und an diesem Tag wurden der Gruppe ungefähr dreitausend Leute hinzugefügt.

Dieser, am Anfang des Kapitels angesprochene Gehorsamsschritt, betrifft die Taufe, die hier am Ende der gesamten Bibelstelle angesprochen wird und die wir nun noch etwas näher ansehen wollen. Es gibt weitere Bibelstellen, die uns den ganzen Sinn der Bedeutung dieser Handlung noch verständlicher erklären. Darum muss ich dazu keine weiteren Details bringen, als nur die, was dieses Bibelwort ganz klar beschreibt, dass eine Kindertaufe nicht den Sinn symbolisiert, der hier dargestellt wird. Auch dann nicht, wenn Paten stellvertretend für das Kind glauben. Es geht darum, dass die Person, die getauft wird, in der Lage ist selbst zu glauben, weil nur durch diesen Glauben die Taufentscheidung, so wie Gott sie gemeint hat, auch durchgeführt wird. Natürlich ist damit, durch diese Symbolik, auch ein öffentliches Bekenntnis verbunden, das unsere Verbundenheit mit dem Gott des Himmels darstellt. Hier nun nachfolgend die versprochenen Bibelstellen. Ich zitiere wieder aus dem jüdischen Neuen Testament und bringe danach die gleiche Stelle noch einmal aus der Neuen Evangelistischen Übersetzung. Römer, Kapitel 6, ab Vers 2:

„…Wie können wir, die der Sünde gestorben sind, noch in ihr leben? Wisst ihr nicht, dass diejenigen von uns, die eingetaucht (getauft) sind in den Messias Jeschua (Jesus), in seinen Tod eingetaucht sind? Durch die Eintauchung in seinen Tod wurden wir mit ihm begraben; damit auch wir so, wie der Messias durch die Herrlichkeit des Vaters wieder von den Toten auferweckt wurde, ein neues Leben haben mögen. Denn wenn wir mit ihm in einem

solchen Tod vereint waren, werden wir auch in einer solchen Auferstehung mit ihm vereint sein. Wir wissen, dass
unser altes Selbst mit ihm am Pfahl hingerichtet wurde,
damit der ganze Leib unserer sündigen Neigung vernichtet werde und wir nicht länger Knechte der Sünde seien.
Denn wer gestorben ist, ist von der Sünde gereinigt. Da
wir nun aber mit dem Messias gestorben sind, vertrauen
wir darauf, dass wir auch mit ihm leben werden. Wir wissen, dass der Messias von den Toten auferweckt wurde,
um niemals wieder zu sterben; der Tod hat keine Vollmacht mehr über ihn. Denn sein Tod war ein einmaliges
Ereignis, das nicht wiederholt zu werden braucht; sein
Leben aber lebt er für Gott. So erachtet auch ihr euch als
der Sünde gestorben, aber lebendig für Gott durch eure
Vereinigung mit dem Messias Jeschua.

Deshalb lasst nicht die Sünde in euren sterblichen Lei-
bern herrschen, so dass sie euch ihren Begierden unter-
werft; und bietet kein Glied von euch der Sünde an als
ein Werkzeug zur Schlechtigkeit. Im Gegenteil, bietet
euch Gott an als lebendig Gemachte aus den Toten, und
eure Glieder bietet Gott an als Werkzeuge zur Gerechtigkeit. Denn die Sünde wird keine Vollmacht über euch haben; denn ihr steht nicht unter der Gesetzlichkeit, sondern unter der Gnade.

Dieser letzte Satz besagt, dass wir mit Gottes Gnade die täglich anfallenden Sünden besiegen können – wenn wir sie erkennen und besiegen wollen. Wir haben durch den Sieg von Jesus, den ER für uns vollbracht hat, die Möglichkeit erhalten, darauf mit Autorität zu reagieren.

Doch lasst uns den gleichen Bibelvers auch noch in der Neuen Evangelistischen Bibelübersetzung lesen, weil es wichtig ist, dass wir auch weitere, verständliche Übersetzungen dazu vorfinden:

»Für die Sünde sind wir doch schon gestorben, wie können wir da noch in ihr leben? Oder wisst ihr nicht, dass alle von uns, die auf Jesus Christus getauft wurden, in seinen Tod mit eingetaucht worden sind? Durch die Taufe sind wir also mit Christus in den Tod hinein begraben worden, damit so, wie Christus durch die herrliche Macht des Vaters von den Toten auferweckt wurde, wir nun ebenfalls in dieser neuen Wirklichkeit leben. Denn wenn wir mit seinem Tod vereinigt worden sind, werden wir auch eins mit seiner Auferstehung sein. Wir sollen also begreifen, dass unser alter Mensch mit Christus gekreuzigt worden ist, damit unser sündiges Wesen unwirksam gemacht wird und wir der Sünde nicht mehr sklavisch dienen. Denn wer gestorben ist, ist vom Herrschaftsanspruch der Sünde befreit. Wenn wir nun mit Christus gestorben sind, vertrauen wir darauf, dass wir auch mit ihm leben werden. Wir wissen ja, dass Christus von den Toten auferweckt wurde und nie mehr stirbt. Der Tod hat keine Gewalt mehr über ihn. Denn sein Sterben war ein Sterben für die Sünde, und zwar ein für alle Mal. Aber sein Leben ist ein Leben für Gott. Auch ihr sollt von dieser Tatsache ausgehen, dass ihr für die Sünde tot seid, aber in Jesus Christus für Gott lebt. Die Sünde soll euren vergänglichen Körper also nicht mehr beherrschen und euch dazu bringen, seinen Begierden zu gehorchen. Und stellt eure Glieder nicht mehr der Sünde zur Verfügung als Werkzeuge des Unrechts, sondern stellt euch selbst Gott zur Verfügung als Menschen, die vom Tod zum Leben gekommen sind, und bietet ihm eure Glieder als Werkzeuge der Gerechtigkeit an. Dann wird die Sünde ihre Macht über euch verlieren, denn ihr lebt ja nicht mehr unter dem Gesetz, sondern unter der Gnade."

Von diesem >Wort Gottes<, das zu einem Menschen mit Fleisch und Blut geworden ist und als >Lamm Gottes< für uns alle dienstbar wurde, haben wir bereits gelesen, als von dem Samen der Frau die Rede war. Jesus Christus ist dieser Nachkomme, der allen Menschen die Chance gab, von der Macht des Teufels befreit zu werden. Der Teufel kämpfte dagegen an, weil er alles was er hatte auch behalten wollte. Doch Jesus hat einen unbe-

schreiblich großen Sieg errungen und über den Teufel trium-
phiert.

Aber genau darum haben wir Menschen einen freien Willen von
Gott bekommen, um zu entscheiden, was uns wichtig ist.

Also gib nicht auf, der du dich für Jesus entschieden hast. Rüh-
me immer diesen Sieg, den Jesus über den Teufel erwirkt hat,
über dir, damit du mit Jesus im Bunde diesen Sieg in Anspruch
nehmen und ebenfalls siegen kannst.

Lass dich darum unbedingt taufen, weil es der unsichtbaren Welt
anzeigt, dass jetzt Jesus dein Herr ist. Du bist dann als sündiger
Mensch symbolisch mit Jesus gestorben und durch IHN, von der
Sünde befreit, wieder auferstanden. Genau darum ist die Eintauchung in Wasser das richtige Symbol. Das gefällt dem Teufel
überhaupt nicht.

KAPITEL 4 - Gottes Waffen zu unserem Schutz

Auch zum Abschluss des Buches möchte ich euch auf eine Bibelstelle hinweisen, die vielleicht in vielen Situationen, welche immer wieder auf uns alle zukommen werden, Hilfestellung gibt, damit jeder stark sein kann.

Trainiert euch darin!

Lesen wir dazu wieder aus dem jüdischen Neuen Testament aus Epheser, Kap. 6, ab Vers 10:

> „Schließlich: Werdet mächtig in der Vereinigung mit dem Herrn, in der Vereinigung mit seiner mächtigen Kraft! Gebraucht die ganze Rüstung und alle Waffen, die Gott euch zur Verfügung stellt, damit ihr gegen die trügerischen Taktiken des Widersachers bestehen könnt. Denn wir kämpfen nicht gegen Menschen, sondern gegen die Herrscher, Oberen und kosmischen Mächte, die diese Finsternis regieren, gegen die geistlichen Kräfte des Bösen im himmlischen Reich. So ergreift jedes Stück der Waffenrüstung, die Gott zur Verfügung stellt; damit ihr, wenn der böse Tag kommt, widerstehen könnt; und wenn die Schlacht gewonnen ist, werdet ihr noch immer stehen. Deshalb steht! Habt den Gürtel der Wahrheit um

eure Hüften geschnallt, legt die Gerechtigkeit als Brustschild an und tragt an euren Füßen die Bereitschaft, die aus der Guten Nachricht des Schalom (Friedens) kommt. Tragt allezeit den Schild des Vertrauens vor euch her, mit dem ihr alle flammenden Pfeile des Bösen auslöschen könnt. Und nehmt den Helm der Erlösung zusammen mit dem Schwert, das der Geist gibt, das heißt, dem Wort Gottes; und betet dabei allezeit mit allen Gebeten und Bitten im Geist, wachsam und beständig, für das ganze Gottesvolk."

Die hier angesprochenen Teile der Waffenrüstung durch Gott, sind nur Verteidigungswaffen:

- Gürtel = Wahrheit sagen
- Brustschild = gerecht sein
- Schuhe = bereit sein, die gute Nachricht des Friedens aus Gottes Wort zu reden
- Verteidigungsschild
  i. d. Hand = unser Vertrauen/Glaube
- Schutzhelm = unsere Erlösung
- Schwert = Wort Gottes/Bibel

Hier können wir lesen, welche Verteidigungsausrüstung uns Gott zur Verfügung gestellt hat.

Wir sollen immer die Wahrheit sagen und in allen Dingen gerecht sein. Wir sollen jederzeit dazu bereit sein über Gottes Wort zu reden und es anderen Menschen weiter zu erzählen. Unser Glaube mit einem unerschütterlichen Vertrauen auf Gott, soll zu unserer direkten Verteidigung werden. Der Schutz für unseren Kopf ist das Wissen von unserer Erlösung durch Jesus Christus und die Bibel, das Wort Gottes, ist unser Schwert, das wir für jeden Angriff und jede Verteidigung sehr gut kennen sollten, damit wir genau wissen, wie dieses ganze Betriebssystem in allen Dingen funktioniert und anzuwenden ist.

Als Beispiel denken wir an die Versuchung, die Jesus als Mensch durch den Teufel erlebte.

ER antwortete immer mit einem Gegenwort aus der Bibel.

Nun liegt es an jedem Einzelnen von uns, diese Waffenrüstung zu nutzen und sich selbst zu trainieren, damit wir sie jederzeit gebrauchen können.

Denkt dabei daran, dass Gott euch über alles liebt und auch unsere Liebe zu IHM, sollte ebenfalls stark sein.

Überlegt, wie groß euer Verlangen nach einem Freund/Mann oder einer Freundin/Frau ist. Solltet ihr von ihnen, aus welchem Grund auch immer, getrennt sein und Post erhalten, wie schnell wollt ihr dann die Post öffnen und lesen?

Nehmt das als Voraussetzung bei dem Brief von Gott, der in seinem Wort zu finden ist. Euer Verlangen danach signalisiert euch selbst, wie groß eure Sehnsucht nach Gott ist.

Solltet ihr keine Bibel besitzen, dann beginnt mit einem Neuen Testament. Es gibt viele unterschiedliche Übersetzungen, die mal besser oder weniger gut verständlich sind, doch überall ist der gleiche Grundinhalt zu finden.

Im Internet findet ihr bei manchen Anbietern auch kostenlose Neue Testamente. Dies ist besonders für die von euch interessant, die finanzielle Not haben. Doch sprecht mit Gott darüber, dass ER euch dabei hilft, das Richtige zu finden und lernt durch fleißiges Lesen.

Bittet IHN auch, euch die richtige geistliche Heimat, eine wirklich biblische Gemeinde finden zu lassen. Ihr werdet nicht enttäuscht von IHM... - aber habt auch Geduld und wartet auf SEINE Antwort.

ANHANG

Die Kreuzigung Jesu aus medizinischer Sicht von W. Giolda, gepostet 1996, wurde von mir kopiert und nach Erhalt einer Erlaubnis hier eingefügt.
Alle Fremdworte (auch medizinische Fremdworte) können im Internet nachgeschlagen werden.

In diesem Artikel werde ich einige der physischen Aspekte der Passion, oder des Leidens, von Jesus Christus erörtern. Wir werden ihm von Gethsemane durch seinen Gebetskampf, seine Geißelung, seinen Pfad entlang über die Via Dolorosa folgen, bis zu seinen letzten Todesstunden am Kreuz.

Ich merkte plötzlich, dass ich die Kreuzigung all die Jahre mehr oder weniger als gegeben hingenommen hatte – dass ich durch eine zu große Vertrautheit mit den grimmigen Details zu einer entsetzlichen Gefühllosigkeit gekommen war – und einer zu entfernten Freundschaft mit ihm selbst. Es fiel mir schließlich auf, dass ich als ein Arzt nicht einmal die tatsächliche unmittelbare Todesursache kannte. Die Evangelisten helfen uns in diesem Punkt nicht sehr, weil Kreuzigung und Geißelung während ihres Lebens so üblich war, dass sie eine detaillierte Beschreibung zweifellos als völlig überflüssig ansahen – so dass wir die kurzen Worte des Evangelisten haben: „Pilatus, der Jesus geißeln ließ, überlieferte ihn an sie zur Kreuzigung – und sie kreuzigten ihn."

Was litt der Körper von Jesus aus Nazareth tatsächlich während jener Stunden der Qual? Dies führte mich als erstes zu einer Studie über die Praxis der Kreuzigung an sich; das heißt, der Folter und Tötung einer Person durch Annageln an ein Kreuz. Der aufrechte Teil des Kreuzes (oder Stipes) konnte den Kreuzarm (oder Patibulum) zwei oder drei Fuß unterhalb des oberen Endes befestigt haben (dies ist das, was wir gemeinhin heute als die klassische Form des Kreuzes ansehen, die wir später als lateinisches Kreuz bezeichnet haben). Jedoch war die in den Tagen unseres Herrn verwendete übliche Form das Tau-Kreuz, geformt wie der griechische Buchstabe Tau oder wie unser „T". Bei diesem Kreuz wurde das Patibulum in einer Kerbe am oberen Ende des Stipes befestigt. Es sind ziemlich überwältigende archäologische Beweise, nach denen es diese Art Kreuz war, an dem Jesus gekreuzigt wurde.

Der aufrechte Pfosten, oder Stipes, war im allgemeinen am Standort der Hinrichtung im Boden festgemacht, und der verurteilte Mann wurde gezwungen, das Patibulum zu tragen, das offensichtlich etwa 110 Pfund wog, vom Gefängnis bis zur Stelle der Hinrichtung. Römische historische Berichte und experimentelle Arbeit haben gezeigt, dass die Nägel zwischen den kleinen Knochen der Handgelenke und nicht durch die Handflächen getrieben wurden. Nägel durch die Handflächen reißen zwischen den Finger aus, wenn sie das Gewicht eines menschlichen Körpers halten müssen. Die falsche Vorstellung kann durch ein Missverständnis von Jesu Worten an Thomas geschehen sein, „Sieh meine Hände an!" Moderne wie alte Anatomen haben die Handgelenke immer als Teil der Hand betrachtet.

Ein Titulus oder kleines Zeichen, welches das Verbrechen des Opfers angab, wurde normalerweise an der Vorderseite des Umzugs getragen und später am Kreuz oberhalb des Kopfes angenagelt. Dieses Zeichen, mit seinem Stab oben am Kreuz angenagelt, hätte ihm ein wenig von der charakteristische Form des lateinischen Kreuzes gegeben.

Das physische Leiden Christi begann in Gethsemane. Von den vielen Aspekten dieses Leidensbeginns werde ich nur das von physiologischem Interesse erörtern, den blutigen Schweiß. Es ist interessant, dass der Arzt der Gruppe, Lukas, der einzige ist, der es erwähnt. Er sagt, „Und als er in ringendem Kampf war, betete er heftiger. Es wurde aber sein Schweiß wie große Blutstropfen, die auf die Erde herabfielen." (Lukas 22,44)

Obwohl sehr selten, wird das Phänomen von Hematidrosis, oder blutigen Schweißes, gut dokumentiert. Unter hohem emotionalem Stress können winzige Kapillaren in den Schweißdrüsen aufbrechen und auf diese Art Blut mit Schweiß mischen. Diesen Prozess konnte nur merkliche Schwäche und möglicher Schock produziert haben.

Wir werden uns rasch durch den Verrat und die Verhaftung bewegen. Ich muss wieder betonen, dass wichtige Teile der Leidensgeschichte in diesem Bericht fehlen. Dies kann Sie frustrieren, aber um bei unserem Zweck der Diskussion nur des rein physischen Aspektes des Leidens zu bleiben, ist dies notwendig. Nach der Verhaftung in der Mitte der Nacht wurde Jesus vor den Sanhedrin und vor den Hohenpriester Kaiphas gebracht; hier ist es, wo das erste physische Trauma zugefügt wurde. Ein Soldat schlug Jesus in das Gesicht, damit er still blieb, während er von Kaiphas befragt wurde. Die Schlosswachen verbanden ihm dann die Augen, und verspotteten ihn höhnisch, damit er jeden von ihnen identifizierte, während sie vorübergingen, auf ihn spuckten und ins Gesicht schlugen.

Am Morgen, verprügelt und mit blauen Flecken, ohne etwas zu trinken und von einer schlaflosen Nacht erschöpft, wird Jesus durch Jerusalem zum Prätorium in der Festung Antonia gebracht, dem Regierungssitz des Bevollmächtigten von Judäa, Pontius Pilatus. Sie sind sicher mit dem Versuch von Pilatus vertraut, die

Verantwortung an Herodes Antipas, den Tetrarchen von Judäa abzuschieben. Jesus erlitt anscheinend keine physisch schlechte Behandlung unter den Händen von Herodes, und wurde zu Pilatus zurückgesandt. Es war anschließend, als Antwort auf die Schreie der Horde, dass Pilatus anordnete, Barabbas freizugeben, und Jesus zu Auspeitschung und Kreuzigung verurteilte.

Die meisten römischen Schriftsteller dieser Periode verbinden beides nicht. Viele Gelehrte glauben, dass Pilatus ursprünglich anordnete, dass Jesus als seine volle Strafe gegeißelt wurde, und dass der Todessatz der Kreuzigung nur als Antwort auf den Spott der Horde kam, dass der Prokurator Cäsar nicht richtig gegen diesen Heuchler verteidigte, der behauptete, „König der Juden" zu sein.

Vorbereitungen für die Geißelung sind ausgeführt. Der Gefangene ist seiner Kleidung entledigt, seine Hände an einen Pfosten über seinem Kopf gebunden. Es ist zweifelhaft, ob die Römer jeden Versuch machten, dem jüdischen Gesetz in dieser Angelegenheit der Geißelung zu folgen. Die Juden hatten ein altes Gesetz, das mehr als vierzig Schläge verbot. Die Pharisäer, die sich immer vergewisserten, dass das Gesetz strikt befolgt wurde, bestanden darauf, dass nur neununddreißig Schläge gegeben werden. (Auf diese Weise waren sie sicher, im Falle eines Verzählens innerhalb des Gesetzes zu bleiben.) Der römische Legionär schreitet vor mit dem Flagrum in seiner Hand. Dies ist eine kurze Peitsche, die aus mehreren festen Lederriemen mit zwei kleinen Eisenstückchen nahe den Enden jedes Riemens besteht. Die schwere Peitsche wird mit voller Gewalt wieder und wieder über Jesu Schultern, Rücken und Beine geschlagen. Zuerst schneiden sich die schweren Lederriemen nur durch die Haut.

Dann, wenn die Schläge weitergehen, schneiden sie sich tiefer in das Gewebe, zuerst produzieren sie ein Herausquellen des Blutes von den Kapillaren und Venen der Haut, und endgültig spritzt arterielles Blut der Blutgefäße der darunterliegenden Muskeln heraus. Die kleinen Eisenstückchen in den Riemen produzieren zuerst große, tiefe Druckstellen, die von weiteren Schlägen aufgebrochen werden. Zuletzt hängt die Haut des Rückens in langen Bändern, und der ganze Bereich ist eine zerrissene, nicht wiederzuerkennende Masse von blutendem Gewebe. Wenn es vom verantwortlichen Zenturio bestimmt wird, dass der Gefangene kurz vor dem Tod steht, wird die Geißelung schließlich beendet.

Der halb in Ohnmacht fallende Jesus wird dann losgebunden und auf den Steinboden fallen gelassen, in sein eigenes Blut. Die römischen Soldaten sehen einen großen Witz in diesem provinziellen Juden, der behauptet, ein König zu sein. Sie werfen eine Robe über seine Schultern und stellen einen Stock in seine Hand als ein Zepter. Sie brauchen schließlich noch eine Krone, um ihr Hohnbild zu vollenden. Ein kleines Bündel flexibler Zweige mit langen Dornen (weithin für Feuerholz verwendet) wird zur Form einer Krone geflochten, und diese wird in seine Kopfhaut gedrückt. Wieder blutet es stark (die Kopfhaut ist einer der vaskulärsten Bereiche des Körpers). Nach seiner Verspottung und den Schlägen in das Gesicht nehmen die Soldaten den Stock aus seiner Hand, schlagen ihn auf den Kopf und die Dornen tiefer in seine Kopfhaut. Zuletzt werden sie ihres sadistischen Spiels müde, und die Robe wird von seinem Rücken gerissen. Diese war schon in den Wunden an Blut und Serum angeklebt, und solches Entfernen bereitet genauso wie unachtsames Entfernen eines chirurgischen Verbandes qualvolle Schmerzen … fast, als ob er wieder geschlagen würde – und die Wunden beginnen erneut zu bluten.

In Achtung der jüdischen Sitte geben die Römer seine Kleidungsstücke zurück. Das schwere Patibulum vom Kreuz wird auf seine Schultern gelegt, und der Umzug des verurteilten Christus, zweier Diebe und das Ausführungskommando der von einem Zenturio geleiteten römischen Soldaten beginnt seine langsame Reise. Trotz seines Versuches, aufrecht zu gehen, ist das Gewicht des schweren hölzernen Balkens zusammen mit dem Schock durch starken Blutverlust zu viel. Er stolpert und fällt. Das grobe Holz des Balkens bohrt sich in die verletzte Haut und die Muskeln der Schultern. Der Zenturio, ängstlich, zur Kreuzigung zu kommen, wählt einen kräftigen nordafrikanischen Zuschauer – Simon von Kyrene, um das Kreuz zu tragen. Jesus folgt, immer noch blutend und schwitzt den kalten, feuchten Schweiß des Schocks.

Der 600 Meter lange Weg nach Golgatha ist schließlich beendet. Der Gefangene wird wieder seiner Kleidung beraubt, außer einem Lendentuch, das den Juden erlaubt war. Die Kreuzigung beginnt. Jesus wird mit Myrrhe gemischter Wein angeboten, eine sanfte schmerzstillende Mischung. Er weigert sich, zu trinken. Es wird angeordnet, dass Simon das Patibulum auf den Boden stellt, und Jesus wird schnell mit seinen Schultern gegen das Holz geworfen. Der Legionär fühlt nach der Vertiefung an der Vorderseite des Handgelenks. Er treibt einen schweren, viereckigen, gehämmerten Eisennagel durch das Handgelenk und tief in das Holz. Schnell bewegt er sich zu der anderen Seite und wiederholt dieses, darauf achtend, nicht die Arme zu fest anzuziehen, sondern einige Flexion und Bewegung zu erlauben. Das Patibulum wird dann an seine Stelle am oberen Ende des Stipes' und des Titulus' hochgehoben, und die Schrift „Jesus von Nazareth, König der Juden" an seinen Ort genagelt. Der linke Fuß wird gegen den rechten Fuß gepresst, und mit gestreckten Füßen und Zehen nach unten wird ein Nagel durch beide getrieben, die Knie etwas gebeugt. Das Opfer ist jetzt gekreuzigt. Da er langsam mit mehr Gewicht auf den Nägeln in den Handgelenken durchhängt, schießt qualvoller – feuriger Schmerz von den Fingern über die Arme, um im Gehirn zu explodieren, da die Nägel in den Handgelenken Druck auf die mittleren Nerven produzieren. Wenn er sich hochdrückt, um diese dehnende Qual zu vermeiden, stellt er sein volles Gewicht auf den Nagel, der durch die Nerven zwischen den Mittelfußknochen der Füße reißt.

An dieser Stelle tritt ein anderes Phänomen auf. Da die Arme ermüden, fegen große Wellen von Krämpfen über die Muskeln, um sie in tiefe, erbarmungslos klopfende Schmerzen zu verknoten. Mit diesen Krämpfen kommt die Unfähigkeit, sich selbst hochzudrücken. An seinen Armen hängend, sind die pektoralen Muskeln gelähmt, und die intercostalen Muskeln sind außerstande, sich zu bewegen. Luft kann in die Lungen gezogen werden, aber kann nicht ausgeatmet werden. Jesus kämpft, um sich anzuheben, um sogar einen kurzen Atem zu bekommen. Zuletzt baut sich Kohlenstoffdioxid in den Lungen und im Blutstrom auf, und die Krämpfe klingen teilweise ab. Krampfartig ist er in der Lage, sich zu drücken, um auszuatmen und den Leben bringenden Sauerstoff einzuatmen. Es war zweifellos während diese Zeit, dass er die sieben kurzen Sätze äußerte, die aufgezeichnet sind:

Der erste, auf die römischen Soldaten hinuntersehend, die Würfel um sein nahtloses Kleidungsstück warfen, „[…] Vater, vergib ihnen, denn sie wissen nicht, was sie tun! […]" (Lukas 23,34)

Der zweite zum reuigen Dieb „Heute wirst du mit mir im Paradies sein." (Lukas 23,43)

Der dritte, hinuntersehend auf den voller Kummer erschreckten jugendlichen Johannes, den geliebten Apostel, er sagte „Siehe deine Mutter" und auf Maria, seine Mutter sehend „Frau, siehe deinen Sohn." (Johannes 19,26-27)

Der vierte Schrei ist vom Anfang des 22. Psalms: „Mein Gott, mein Gott warum hast du mich verlassen? […]" (Psalm 22,2; s. Matthäus 27,46; s. Markus 15,34)

Stunden dieses grenzenlosen Schmerzes, Zyklen sich zu verdrehen, Krämpfe durch ausreißende Gelenke, intermittierende Teilerstickung, glühender Schmerz, wenn das Gewebe von seinem verletzten Rücken abgeschunden wird, da er sich hinauf und hinab gegen das grobe Holz bewegt. Dann beginnt eine weitere Qual. Ein zutiefst auspressender Schmerz tief im Brustkorb, als das Pericardium sich mit Serum füllt und langsam beginnt, auf das Herz zu drücken. Lasst uns nochmals an den 22. Psalm denken: „Ich bin wie Wasser ausgeschüttet, und alle meine Knochen sind ausgerenkt; mein Herz ist wie Wachs; es ist in der Mitte von meinen Gedärmen geschmolzen." (Psalm 22,15) Es ist jetzt fast vorbei – der Verlust an Zellstoffflüssigkeit hat eine kritische Ebene erreicht, das zusammengepresste Herz kämpft, um schweres, dickes, schleppendes Blut in die Gewebe zu pumpen, die gefolterten Lungen machen eine rasende Anstrengung, in kleinen Schlucken von Luft zu keuchen. Die merklich dehydrierten Gewebe senden ihre Flut von Reizen zum Gehirn.

Jesus keucht seinen fünften Schrei, „Mich dürstet!" (Johannes 19,28) Lassen Sie uns an einen anderen Vers vom prophetischen 22. Psalm erinnern: „Meine Kraft ist vertrocknet wie eine Scherbe, und meine Zunge klebt an meinem Gaumen; und in den Staub des Todes legst du mich." (Psalm 22,16) Ein in Posca getauchter Schwamm, der billige, saure Wein, der das Hausgetränk des römischen Legionärs ist, wird zu seinen Lippen hochgehoben. Er nimmt anscheinend nichts von der Flüssigkeit.

Der Körper von Jesus ist jetzt in Extremen, und er kann fühlen, wie die Frische des Todes durch seine Gewebe schleicht. Diese Erkenntnis bringt sein sechstes Wort heraus, möglicherweise nur wenig mehr als ein gefoltertes Geflüster: „[…] Es ist vollbracht! […]" (Johannes 19,30)

Sein Auftrag der Sühne ist beendet worden. Zuletzt kann er seinem Körper erlauben, durch freiwilliges Entlassen seines Geistes zu sterben (s. Matthäus 27,50). Mit einer letzter Woge der Stärke drückt er noch einmal seine zerrissenen Füße gegen den Nagel, richtet seine Beine auf, nimmt einen tieferen Atem und äußert seinen siebten und letzten Schrei: „Vater, in deine Hände übergebe ich meinen Geist." (Lukas 23,46)

Den Rest kennen Sie. Damit der Sabbat nicht entweiht wird, baten die Juden darum, dass die verurteilten Männer abgenommen und von den Kreuzen entfernt werden. Die übliche Methode dafür, eine Kreuzigung zu beenden, war „crura fracta", das Brechen der Beine. Dies hinderte das Opfer daran, sich hochzudrücken; die Spannung konnte nicht von den Muskeln des Brustkorbs befreit werden, und rasche Erstickung trat dann ein. Die Beine der zwei Diebe wurden gebrochen, als sie aber zu Jesus kamen, sahen sie, dass dies unnötig war.

Anscheinend um mit dem Tod doppelt sicher zu gehen, stieß der Legionär seine Lanze durch den fünften Zwischenraum zwischen den Rippen, durch das Pericardium in das Herz. „[…] und sogleich kam Blut und Wasser heraus." (Johannes 19,34). Auf diese Art gab es eine Flut wässeriger Flüssigkeit von dem Sack, der das Herz umgibt, und Blut vom Inneren des Herzens. Wir haben deshalb postmortem ziemlich überzeugende Beweise, dass unser Herr nicht den üblichen Kreuzigungstod durch Erstickung starb, sondern an Herzstillstand durch Schock und eine Einengung des Herzens durch Flüssigkeit im Pericardium.

Auf diese Art haben wir einen Blick vom Inbegriff des Bösen gesehen, welche der Mensch gegen den Menschen zeigen kann – und gegen Gott. Dies ist keine freundliche Sicht und neigt dazu, uns niedergeschlagen und deprimiert werden zu lassen. Wie dankbar können wir sein, dass wir als Folge einen Blick von unendlichem Erbarmen Gottes gegen den Menschen haben – das Wunder von der Sühne und der Erwartung des Ostermorgens!

„Denn Christus ist, als wir noch kraftlos waren, zur bestimmten Zeit für Gottlose gestorben. Denn kaum wird jemand für einen rechtschaffenen Mann sterben: doch für einen guten Mann möchte vielleicht jemand zu sterben wagen. Aber Gott erweist seine Liebe gegen uns darin, dass Christus, als wir noch Sünder waren, für uns gestorben ist." (Römer 5,6-8)

„Denn Gott liebte die Welt so sehr, dass er seinen einzig gezeugten Sohn gab, dass, wer immer an ihn glaubt, nicht verloren gehe, sondern das immerwährende Leben haben sollte." (Johannes 3,16)

The Passion of the Christ Part 11 {English Subtitles}

Zum Schluss noch eine ganz neue Entdeckung:

Gelesen in den >Israel Heute< Nachrichten vom 16. 03. 2017

Diese nachfolgend einkopierte Nachricht bestätigt wieder einmal die Tatsache, dass die Bibel doch Recht hat – es handelt sich dabei um einen architektonischen Fund, der bereits im Alten Testament erwähnt wird und etwa 2.500 Jahre zurückliegt:

Biblischer Königspalast unter Schrein gefunden, der vom IS zerstört wurde

Der IS zerstört alle historischen Stätten, die zu einer anderen Religion, als dem Islam gehören. Die Terrorgruppe könnte jedoch unwissentlich dabei geholfen haben, zumindest eines der Bücher der Bibel zu bestätigen.

Als der IS die irakische Stadt Mosul besetzt hielt, zerstörte es das Grab des Propheten Jonah, des biblischen Propheten, der zur assyrischen Hauptstadt Ninive predigte. Nachdem der IS vor kurzem aus Mosul vertrieben wurde, konnten Archäologen diese Ruinen besichtigen und machten dabei eine erstaunliche Entdeckung.

Fox News berichtete, dass unter dem antiken Grab der lange verloren geglaubte Palast des assyrischen Königs Sanherib liege, dessen Invasion Judäas und wundersame Niederlage in der Bibel genau beschrieben wird. In dem Palast haben Archäologen begonnen, Inschriften zu entdecken, die auf die Zeit Sanheribs, seines Sohnes Asarhaddon und dessen Sohn Assurbanipal zurückgehen.

Dieser Fund ist einer der interessanteren Entdeckungen der letzten Jahre und bietet einen weiteren Beweis dafür, dass die biblische Geschichte des Nahen Ostens akkurat ist.

www.israelheute.com

private Notizen

FSC
www.fsc.org

MIX

Papier | Fördert
gute Waldnutzung

FSC® C083411

Zeitfracht Medien GmbH
Ferdinand-Jühlke-Straße 7
99095 Erfurt, Deutschland
produktsicherheit@kolibri360.de